Dominic Trachsel

Das langweiligste Buch ever

Dominic Trachsel

Das langweiligste Buch ever

thoughts on life, Band 3

© 2020 **Dominic Trachsel**

Herstellung und Verlag:
BoD – Books on Demand, Norderstedt

ISBN: 978-3-7431-1662-7

Für das ehemalige Team vom unikum. Für
Jacqueline, Raphael und Carlo.

Inhalt

Happiness does not come by itself! 11

Darkness go back to hell! 15

F*ck you morality! 20

Die Nacht und der Morgen. 24

Das Laubblatt. 25

Flieg! Fort! Dahin, wo dich der Wind hintreibt! 26

Entsorgt. Im Abfalleimer der Stadt Bern. Danke, liebe Stadt fürs Entsorgen. 27

Meditation. Hm, was wollen wir mit dir machen? 29

Wenn dich ein Thema in einen Strudel ziehen will. 32

Kann man sich selbst untreu werden? 34

Verdammt nochmal, tut doch nicht dauernd so glücklich! 36

Lasst den Menschen um Himmels willen Mensch sein! Einige persönliche Gedanken. 37

Gibt es etwas, wofür du sterben würdest? 42

Mein Meditationsgebet. 47

Meditation/Kontemplation: 2. und 3. April 2018 48

Der Mann will immer nur EINES. Sex. Sex. Sex. 50

Warum Gott NICHT genug ist. Das Enneagramm hilft. 54

Sag es auf die harte Tour! 56

Seine Liebe war anders als ihre Liebe. Und ihre Liebe war anders als seine Liebe. 58

An diesem Tag. 60

Whoever the fuck says so. For me, it looks like the truth. 61

Warum kennen die beiden denn die Küche? 63

Ich? Ein Arschloch? 66

Shenzen: Wartete, wartete, wartete. 69

Er könnte sich jetzt einfach fallenlassen und alles wäre vorbei. 71

Die Gesetze des Kapitalismus. 72

Du sollst dir kein Bildnis machen! 74

Thoughts on life ist am Wasser. Wieder mal. 77

Todesangst und warum ich mich so schuldig fühle. 80

Der Kampf um seine Freiräume. Die Gesellschaft kann ganz unverschämt sein. 84

Hoffnung auf und Glaube daran. 86

Es sollte vorrangig immer um den Menschen gehen. Sollte. 89

Kochen für Anfänger: Man nehme eine klitzekleine Prise Vergleichen und heraus kommt ein schöner Verunsicherungs-Identitätskrise-Auflauf. Gerne servieren mit einer bittersüssen (äh, bitterbösen) depressiven Verstimmung. Oder auch gleich mit Salzsäure garnieren. 91

Sind wir Geistwesen? Eine deftige Kritik an den reinen Materialisten. 94

Das wahre ICH. 97

164 **Blogposts: Mir geht's schlecht. 1 Blogpost: Mir geht's gut. Das ist er.** 99

Gedanke Nr. 2 102

Gedanke Nr. 4 103

Auf der Insel. 104

Gedanke Nr. 7 106

Wer definiert mich? 107

Mir tut gut, wenn... 108

Gott ist irgendwie nur da, wenn es einem eh gut geht. Uns sonst? Nee. 110

Gedanke Nr. 10 112

Niemand hat Gott gepachtet. 113

Entgegen der Gesellschaft leben. Wie macht man das? 116

Gedanke Nr. 12 118

Weil ich der Gesellschaft treu sein will, vögle ich eben herum. 119

Du warst so nett. 121

Wie die Liebe ein Abhängigkeitsverhältnis schaffen kann. 123

Gedanke Nr. 14 125

Gott, das Paradies und die Geschichte von der Affenfalle. 126

Wo es mich so hinzieht. So ungefähr. 132

I möchti wieder bi dir si. 134
(Bärndütsch)

Europe goes Pärchenbildung. 136

Gedanke Nr. 16 138

Pluto und der Göttervater. 139

Schwarz. Schwärzer. Meine Seele. 142

duUNDich (für dich ist fix, das wird nix!) 143

Kennt ihr auch Tätigkeiten, die ihr früher gemacht habt, die ihr dann aber aufgegeben habt, weil ihr euch als zu schlecht darin gesehen habt? Hier einige Beispiele aus meinem früheren Leben. 145

Gedanke Nr. 17 149

Bereits ein Jahr lang ergiesse ich mich auf wordpress.com. WordPress scheints zu gefallen. Hab nichts anderes gehört. 150

Duuuuuuuuuuuuuu!!! Was denkst du grad? 152

Kämpf um die Frau, die du liebst, verdammt nochmal! 153

Ich bin so stolz auf mich. Wie ich das 2018 als Hero abschliesse. 155

Gestern war ich mitten in einem Sturm. Genau dann hast du mich umarmt. Wer warst/bist du? 158
(Für Yvonne)

Holdrio, wie schön das Leben ist! Ich weiss schon ganz genau, dass ich diesen Sommer Erdbeeren pflücken gehe! 161

Schatz, diese Decke ist ätzend! Wo genau haben wir die ohne Herzchen? 163

Ich mache heute mal ein bisschen Striptease
vor euch. Wem davor graut, der kann die
Show jetzt noch rechtzeitig verlassen. 165

Ich dachte, die Liebe hat keine Priorität. Du
sagst mir jetzt grad was ganz anderes. Wer
bist du? 168

Ich schaue jetzt nur aufs blaue Wasser hinaus.
Mehr geht grad nicht. Sorry. 170

Einfach der Wind und ich. Und mal nicht mehr
Tag. 172

Auf dem Weg zurück kam ich an deinem Haus
vorbei. Ich weinte. 174

Manchmal sehe ich mein Leben voller
Hoffnung. 176

Meine Gedanken sind jetzt weg. Dafür bin ich
jetzt eifersüchtig. Ach, was für eine Scheisse. 178

Wenn ich dir sage «ich habe dich gern», dann
fühlt sich das wie ein Privileg an, dass ich dir
das sagen kann. Und jedes liebe Wort von dir
lässt mich ein Stück Sinn mehr sehen. 180
(Für Amanda)

Ich schaue aufs Wasser und sehe ALLES. Und
alles sieht mich. Ich transzendiere. Ich bin alles
und alles ist mich. 182

Schwarz. Und es ist doch Morgen. 184

Happiness does not come by itself!

15.02.18, 19:23 **Uhr**

Ich denke, jede und jeder möchte glücklich sein. Und die meisten möchten wohl ein erfülltes Leben. Bei mir hat es einige Zeit gedauert, bis ich gemerkt habe, dass es ein aktiver Prozess ist und nicht ein Warten, bis sich das Glück von alleine einstellt. Oder bis irgendwann mal was passiert und ich dann glücklich bin. Ich habe auch gemerkt, dass man dies nicht an Andere delegieren kann, die dafür auserkoren werden, für mich das Glück zu suchen.

Ich bin zurzeit daran, aktiv nach dem erfüllten Leben zu suchen. Und ich merke, dass ich am Glücklichsten bin, wenn ich am meisten bei mir bin. Also wenn ich das Gefühl habe, ich mache meine Entscheidungen nicht aufgrund der Vorstellungen anderer oder aufgrund den gesellschaftlichen Erwartungen. Mich macht glücklich, wenn ich mich in meinem Denken frei fühle. Wenn ich nicht einengende Denkmuster habe, die nicht mir entsprechen, aber die sich in mir abgespeichert haben. Für mich ist es ein richtiges Glücksgefühl, wenn ich merke, ich kann ganz frei entscheiden und ich führe diese Entscheidung dann auch aus. Dann ist es eben ganz MEINE Entscheidung. Und das sollte dann auch die Entscheidung sein, die am meisten mir entspricht. Die aus mir heraus kommt und ganz und gar mich und mein Wesen verkörpert. Dorthin will ich immer mehr gelangen.

Für mich war es ein Weg und ist es immer noch, mich nicht durch Menschenfurcht davon abhalten zu lassen, das zu tun, was ich empfinde und es so zu tun, wie ich es empfinde. Das hat auch mit Authentizität, also mit Echtheit, zu tun. Ich empfinde es jedes Mal als eine verlorene «Chance», wenn ich etwas tun möchte, aber es nicht tue, weil es im jeweiligen Kontext als nicht angebracht erachtet wird. Mich macht es glücklich, wenn ich es dann eben doch tue, und dabei Andere inspirieren kann. Z.B. einen Gedanken äussern, Humor einbringen oder auch mal Herausschreien (das bin ich noch am Üben). Mich machen aber auch schon kleine Dinge glücklich, wo ich versuche, mich selber zu sein. Ich habe mittlerweile gelernt, dass ich sagen darf, wenn ich in ein bestimmtes Restaurant nicht hinein möchte, wenn ich lieber nicht ans Fest kommen möchte oder wenn ich lieber einen anderen Zug nehmen möchte. Ich glaube, es kann einen wirklich auch glücklich machen, wenn man zu sich stehen kann. Und mich persönlich macht es sehr glücklich, wenn ich spüre, dass ich mein Leben in Freiheit leben darf. Ich musste lernen, dass ich nicht für die anderen verantwortlich bin. Wenn ich an einem Bettler vorübergehe, bin ich NICHT für sein Glück verantwortlich. Wenn jemand ein Problem hat, bin ich NICHT für deren Lösung verantwortlich. Wenn es an einem Anlass unharmonisch ist, bin ich NICHT für Harmonie zuständig. Wenn es jemandem schlecht geht, bin ich NICHT dafür verantwortlich, dass es dieser Person wieder besser geht. Ich bin auch NICHT für meine Eltern verantwortlich. Wenn du dich für sie verantwortlich fühlst, weil sie ja so viel für dich getan haben und du jetzt etwas zurückgeben sollst, dann ist es der völlig falsche

Beweggrund und es ist kein richtiges Argument für mich. So handelst du nicht aus dir selbst heraus und du bist nicht frei. Dann kostet es auch sehr viel Energie, weil es der falsche Antrieb ist.

Ich denke, häufig ist die Moral ein Freiheitskiller. Es hat mir enorm geholfen, die Moral mal wegzulassen. Die kulturellen und gesellschaftlichen Vorstellungen vom «richtigen» Handeln einmal wegzulassen. Ich kann dann herausfinden, was ICH denn möchte. Und dann mache ich es, weil ich es WILL und nicht, weil ich es MUSS. Ich will die Pflichten erfüllen, die von Gesetzes wegen bestehen. Aber weiter habe ich absolut keine Verpflichtungen. Ich wurde ja auch nicht freiwillig geboren. Also ist es meine Ansicht, dass ich mein Leben selbst gestalten kann und sogar MUSS. Denn es ist mein Leben. Und mein Leben gehört weder der Moral, der Gesellschaft noch irgendeiner Ideologie oder Religion. Es gehört MIR.

Auf die gemachten Schlüsse kommt man, wie ich finde, wenn man es von einem logischen, nüchternen Standpunkt aus betrachtet. Durch eine sachliche Analyse, die frei von irgendwelchen hysterischen Handlungsanforderungen, moralischen Einflüsterungen, angstmachenden Gedanken und durch Andere gestreute verwirrende Erwartungen ist.

Vorschau:

In einem nachfolgenden Blog werde ich
darlegen, wie aus meiner Sicht gerade Religion
absolut dazu prädestiniert ist, einem die
Freiheit zu rauben. Ja, rauben ist hier genau
das richtige Wort.

Vorschau II:

In einem weiteren Blog will ich dann aufzeigen,
wie wichtig, ja geradezu unerlässlich es ist,
dass man ganz frei ist (von
Moral/Religion/Vorstellungen anderer, etc.),
damit man seine wahre Berufung, sein wahres
erfüllendes Leben leben kann.

Liebe Grüsse und bis dann.

thoughts on life

Darkness go back to hell!
16.02.18, 17:06 **Uhr**

Liebe Leserin, lieber Leser

Wie ich im vorherigen Blogartikel versprochen habe, folgen in diesem Blogbeitrag meine Gedanken zum Thema Religion und speziell, wie diese geradezu prädestiniert ist, einen unfrei zu machen. Die Betrachtungen beruhen auf meinen persönlichen Erfahrungen und meiner Vergangenheit diesbezüglich.

Ich möchte zu Beginn noch anfügen, dass in diesem Artikel und in den Folgenden persönliche Erfahrungen und Erlebnisse vorkommen, die teilweise sehr persönlich, teilweise intim und teilweise auch skurril sind. Wenn du möglicherweise Probleme hast, mit solchen Dingen umzugehen, dann bitte ich dich, diese Artikel nicht oder nur mit Vorsicht zu lesen.

Prolog:

Ich wälze mich in meinem Bett hin und her. Ich kann nicht schlafen. Heute habe ich wieder einmal versucht, ohne die Schlaftabletten einzuschlafen. Aber es funktioniert nicht mal ansatzweise. Verwirrende und böse Gedanken nehmen mein Denken gefangen. Sie legen sich auf mich und lassen nicht mehr ab von mir. Ja, es sind alles religiöse Gedanken, die mir Angst machen. «Du kannst wählen, Himmel oder Hölle, es ist deine Entscheidung!» (ja, mir hat wirklich mal jemand gesagt: «Es ist freiwillig, in die Hölle zu gehen!» und «Gott ist hinter dir her und er wird dich schon noch umkehren!»). Weitere Gedanken kommen: «Du bist verloren!», «Du bist ein so schlechter Mensch!», «Du wirst es nie schaffen!», «Du darfst nicht so denken, wie du denkst! Das ist Gotteslästerung!». Mit den Gedanken legt sich Hoffnungslosigkeit auf mich und das Gefühl, dass ich in einer ausweglosen Situation bin. Dazu kommt das Gefühl, dass ich selber an allem schuld bin. Dass es nur an mir liegt, dass ich mich nicht besser fühle. Die religiösen Zwangsgedanken gehen nicht weg und erst mit dem Tagesanbruch verflüchtigen sie sich und verkriechen sich an einen dunklen Ort.

<u>Viele Jahre früher:</u>

Meine Eltern sind gerade aus der Freikirche ausgetreten und haben mit zwei anderen Familien einen eigenen Hauskreis gegründet. Der Name: «Leuchter». Einer zieht sich aus und kommt nackt in den Versammlungsraum. Er fordert seine Frau dazu auf, das Gleiche zu tun. Sie weigert sich. Draussen an der Tür hämmert die Tochter der beiden mit grosser Verzweiflung an die Tür. Die Tür aber bleibt abgeschlossen. Sie hat kein Öl mehr in ihrer Lampe. Und die Lampe ist jetzt ausgegangen. Und sie? Verloren. Verloren heisst, sie kommt in die Hölle. Jetzt ist ihre Verzweiflung so gross und sie schlägt das kleine Fenster in der Türe ein. Wir anderen sind Kinder, Jugendliche. Man hört Schreie. Pures Entsetzen. Denn wir glauben das Alles. Es ist so tief in uns drin, dass ein leiser Zweifel daran das Gefühl von purer Gotteslästerung in uns drin hervorruft. Einige

Zeit später müssen wir uns von dem trennen, was uns von Gott abhält. Kinderkassetten, Comics, etc. Da, wo wir unser Herz drangehängt haben. Das müssen wir mitbringen zum Versammlungsraum und es dorthin legen. Ich glaube, ich brachte nichts mit. Zumindest konnte ich mich von nichts ernsthaft trennen. Wieder Draussen gingen wir auf einen Spaziergang. Für mich einer der schlimmsten Momente in meinem Leben. Ich nahm die Umgebung nur surreal wahr. In meinem Inneren fühlte ich eine so brutale Hoffnungslosigkeit und Verlorenheit, die so wehtat, obwohl von aussen nichts zu sehen war. Ich habe gedacht, jetzt ist alles vorbei. Du hast Gott persönlich hintergangen, weil du nicht bereit warst, ihm alles zu geben. Ich hatte weitere Erlebnisse, wo ich dieses Gefühl von Verlorenheit und tiefster Hoffnungslosigkeit hatte.

<u>Ich, mit ca. 28 Jahren:</u>

Abgesehen von den Nächten, wo ich diese religiösen Zwangsgedanken habe (denen ich aber mit Schlaftabletten Einhalt gebieten kann), habe ich nicht mehr so starke negative Erlebnisse. Doch im Denken bin ich immer noch krass gefangen im religiösen Denken. Ich bin definitiv auf der Suche, da herauszukommen. Aber es ist schwierig. Ich bringe es nicht auf die Reihe, wie das christliche Leben auf der einen Seite viel Gutes hat, aber auf der anderen Seite in diesen Kreisen eine so grosse Unfreiheit herrscht. Viele Dinge sind klar. Freies Denken ist mit der Angst verbunden, vom richtigen Weg abzukommen. Statements wie «Kein Sex vor der Ehe» werden wie ein Mal eingebrannt.

Subtilere Dinge werden eingebrannt, wie ein stillschweigender Verhaltenskodex (freundlich miteinander umgehen, loben, zur Heiligung streben), wie eine Sichtweise der Gerechten, wie eine Gemeinschaft, die losgelöst ist von der übrigen Welt. Der erwähnte stillschweigende Verhaltenskodex ist grundsätzlich nicht falsch. Jedoch werfe ich dem christlichen Milieu vor, nicht echt zu sein. Die Forderungen, sich zu heiligen und ein immer besserer Mensch zu werden, sind extrem tief verankert und führen dazu, dass man sich nicht mehr mit der übrigen Welt identifizieren kann. Denn es sind zwei völlig andere Ziele, ob man sich als ein Mensch mit Schwächen und Fehlern sieht und authentisch leben will, sich mit anderen Menschen identifizieren will und kann, oder ob man das Ziel hat, nicht mehr Mensch zu sein, sondern ein Heiliger zu werden. Es ist offensichtlich, dass ein schwacher Mensch und ein Heiliger sich nicht mehr miteinander identifizieren können. Das macht mich sowohl sehr wütend, als auch sehr traurig und es deprimiert mich.

Ich, heute:

Ich bin immer noch bei vielen Fragen am Suchen. Persönlich geht es mir zurzeit ziemlich gut und ich bin zuversichtlich und hoffnungsvoll, dass ich meinen Weg finden werde. Ich habe mich nicht von Gott abgesagt. Weil mit Gott selber hatte ich nie ein Problem. Aber mit dem Gott der Bibel und dem Jesus der Bibel, habe ich nach wie vor grosse Probleme. Ich will einen freiheitlich denkenden Gott. Und ich will ihn durch persönliche Erfahrungen erleben. Und da darf mir niemand dreinreden.

Denn es ist MEIN Leben. Und ich bin für mein Leben ALLEINE verantwortlich.

Epilog:

Ich hoffe, ich konnte mit diesem Beitrag ein bisschen aufzeigen, wie extrem wichtig es ist, dass man frei in seinem Denken ist. Und gerade religiöse Systeme und Richtig und Falsch-Schemas sind brutal gefährlich, dich unfrei zu machen. Und dich von dir selber wegzuführen. Mit anderen Worten: DIR DEIN LEBEN ZU RAUBEN!

Vorschau:

Wie bereits im vorherigen Blogartikel angekündigt, folgen im nächsten Blog meine Gedanken dazu, dass es unerlässlich ist, in seinem Denken ganz frei zu sein, wenn man seine Berufung oder Bestimmung (der tiefste Grund, warum ich da bin) im Leben finden und umsetzen will.

Ich wünsche euch bis dahin alles Gute und Liebe.

thoughts on life

F*ck you morality!
17.02.18, 20:43 **Uhr**

Liebe Leserin, lieber Leser

Wie angekündigt, werde ich in diesem Beitrag basierend auf meinen Erfahrungen aufzeigen, wie du nur ganz in deine Bestimmung oder Berufung kommen kannst, wenn du in deinem Denken ganz frei bist. Also von Moral, von religiösen Vorstellungen, von Forderungen der Gesellschaft und von Prägungen durch andere. Mit Bestimmung und Berufung meine ich, dass du so frei bist, dass du genau das machst, was aus dir selbst kommt. Und das wirst du nicht richtig und tiefgehend entdecken, wenn du immer die Gedanken und Vorstellungen von anderen denkst oder wenn du so voreingenommen durch moralische Anforderungen oder irgendwelche sonstige Richtlinien bist, dass du einfach nicht zu dir und zu deinen Gedanken und zu dem, was du wirklich machen möchtest, vordringen kannst.

Ich persönlich habe eine starke Tendenz (gehabt), die Vorstellungen und Richtlinien von anderen als meine Richtlinien zu nehmen. Z.B. hatte ich Angst, wenn ich die religiösen christlichen Werte und Vorstellungen nicht einhalte, dass ich dann auf den falschen Weg komme. Oder, wenn ich nicht auf diese Person und ihre Ratschläge höre, dass ich dann abstürze oder ins Schlamassel komme. Wenn etwas Negatives in meinem Leben passierte, dann dachte ich sofort daran, dass ich wohl etwas nicht beachtet habe. Zu einer Person

schlecht gewesen bin oder eben einen
Ratschlag nicht befolgt habe.

Ich habe immer nach dem richtigen Leben
gesucht. In mir habe ich immer gespürt, dass ich
anders sein möchte als die anderen. Dass ich
das, was in mir ist, endlich ausleben möchte. Ich
merke, wenn mir das gelingt, dann bin ich so
glücklich und es ist unglaublich befriedigend.
Und es gibt mir dann das Gefühl, dass das jetzt
völlig Sinn macht. Dass ich in dem Moment das
Richtige tue und dass ich in dem Moment nichts
Besseres und Sinnvolleres hätte tun können.

Ich bin immer noch dran, mich ganz selbst zu
sein und mich auf mich zu konzentrieren. Ich
glaube, bevor man sich ganz selbst sein kann,
muss man an den Punkt kommen, wo man
merkt, man lebt nicht für irgendeine Moral,
nicht für jemand anderen, nicht für die
Gesellschaft. Man muss einfach radikal zum
Punkt gelangen, wo man wirklich sagen kann,
man ist schlicht und ergreifend nicht da, um es
denn anderen recht zu machen. Und wenn man
etwas anders sieht, dann soll man zu dem
Stehen und dies so durchziehen. Ich bin jetzt an
diesen Punkt angelangt, denke ich. Es brauchte
bei mir fast 33 Jahre, um dahin zu kommen.
Jetzt bin ich daran, meine neue Freiheit richtig
zu leben und das zu tun, was ich in mir spüre
und fühle. Jetzt braucht es sicher seine Zeit, um
mich noch besser kennenzulernen und um noch
tiefer zu meinen innersten Dingen zu stossen,
die ich dann ausdrücken kann und wo ich
meine ganze Energie, mein Herzblut und meine
Zeit dafür einsetzen kann. Ich bin jetzt da erst
am Anfang. Aber die Richtung stimmt. Und nur

schon das ist eine Erleichterung für mich.
Vielleicht ist das mit der Berufung und
Bestimmung ein bisschen hoch gegriffen. Aber
wenn ich ganz mich selbst bin und so die
Mitwelt gestalten und inspirieren kann, dann
ist das für mich so was wie eine Bestimmung.

Der Beitrag war jetzt recht kurz. Aber ich hoffe,
es gibt dir Elan, mutig zu sein und zu versuchen,
das zu leben, was in dir drin ist und was
unbedingt aus dir herauswill. Ich persönlich
mache dies zurzeit mit Schreiben und dem
Gestalten von Kleidern, wo ich dann auch
einen Webshop eröffnen will. Bei dir können es
andere Sachen und Möglichkeiten sein. Aber
sei ehrlich und frage dich, welche Statements
jetzt wirklich von dir kommen. Also wenn du
keine Restriktionen hättest und das sagen
könntest, was DU sagen möchtest. Was wäre
das dann?

Vorschau auf den nächsten Blogartikel:
Ich habe mir ja vorgenommen, hier auf meinem
Blog möglichst authentisch und offen zu sein.
Auch über persönliche Themen. Und daher
gibts im nächsten Artikel ein Thema, wo ich seit
meiner Kindheit Mühe damit habe und das
sozusagen wie ein Lebensthema für mich ist.
Nämlich meine Abhängigkeit von Gedanken
an Frauen. Im Internet als auch im Alltag. Man
könnte es vielleicht auch Sexsucht nennen.
Dazu gibt es mehr im nächsten Blogbeitrag.

Ich wünsche dir bis dahin alles Gute und Liebe.

thoughts on life

Die Nacht und der Morgen.
10.03.18, 22:43 **Uhr**

Die Nacht ist da. Sie hüllt mich ein. Ich vergesse den Tag. Oder denke noch einmal kurz zurück, was war. Dann aber hat mich die Nacht. Oder zuerst noch: Der Abend. Also der Spätabend. Dann kommen andere Gedanken. Ich sehe die Dinge häufig anders. Ich komme in eine Welt, die mir unbehaglich ist. Meine Seele beginnt dann zu kämpfen. Gegen diese Bedrohung. Gegen den Einfall von aussen. Meine Stimmung sinkt. Ich fühle mich unwohl. Es geht mir nicht mehr gut.

Der Morgen kommt. Ich wache auf. Ich bin bei mir. Ich fühle mich wohl. Und ich bin irgendwie gut Freund mit dem Morgen. Ja, denn was am Abend, am Spätabend und in der Nacht war, womit meine Seele zu kämpfen hatte, das ist weg. Wie vergessen. Ein Schalter umgelegt und weg. Danke lieber Morgen, bist du da. Danke, kommst du immer wieder. Danke, lässt du mich die Nacht vergessen. Danke.

Das Laubblatt.

15.03.18, 18:53 **Uhr**

Ein Laubblatt fiel von einem Baum ab. Vom Himmel kam es, zur Erde flog es. Sanft wurde es vom Wind getragen, gestreichelt. Hoch oben war es gestartet. Jetzt bewegte es sich dem Boden entgegen. Einen Stoss flog es nach rechts, einen Stoss nach links, einen Stoss nach unten, wieder einen Stoss nach oben, dann grad zwei Stösse nach unten. Stetig Richtung Boden. Als es am Boden angekommen war, entspannte es sich vollends, nahm den Duft des Bodens auf, die kühle, frische Luft, die über es hinwegblies. Es schaute nach oben. Frei war es in der Luft gewesen, frei war es am Boden. Es schaute nach oben und wurde mit Gedanken der Freude, der Fröhlichkeit, der Geborgenheit, der Liebe und des Angenommenseins gefüllt. Ja, es fühlte sich wohl. In der Luft wie auch am Boden. Auf dem frischduftenden Waldboden, der es sanft in Empfang genommen und es willkommen geheissen hatte. Es schlief ruhig und mit einem glücklichen Lächeln ein. Ein schöner Tag war das gewesen. Abenteuer in der Luft, geerdet am Boden. Aber angenommen und geliebt worden war es die ganze Zeit.

Flieg! Fort! Weiter! Dahin, wo dich der Wind hintreibt!

21.03.18, 07:14 Uhr

Ich nehme es. Packe es in eine Tasche. Schliesse die Türe ab, gehe nach Draussen, steige die Treppe hoch. Höre das Lied. Es begleitet mich. Es fühlt sich an wie ein heiliger, intimer Moment. So wie ich mit meiner Tasche in der Hand zum Altar hingehen würde, um dort alles loszulassen. Oben angekommen laufe ich die Gasse entlang, bis ich zu einem Kehrrichteimer komme. Dort werfe ich die Tasche mit dem Inhalt hinein. Flieg, ich entlasse dich. Ich gebe dich ab. Ich lasse dich los. Ich lasse los. Flieg. Flieg weiter. Flieg fort. Flieg. Flieg. Wohin es dich treibt. Wohin dich der Wind weht.

Inspiration u.a.: Fly On von Coldplay.

Entsorgt. Im Abfalleimer der Stadt Bern. Danke, liebe Stadt fürs Entsorgen.

21.03.18, 11:25 Uhr

Ich habe mich gestern dazu entschieden, mein Fotoalbum mit meinen Kindheitsfotos wegzuschmeissen. Gestern Abend wurde es in einem Abfalleimer der Stadt Bern entsorgt. Und ich danke hier der Stadt schon mal für das Aufkommen der Entsorgung. Der Grund für diesen "Schritt" sind mehrere. Ich möchte, dass in meinem Leben etwas Neues beginnen kann. Und dafür, so ist meine Ansicht, ist es manchmal wichtig, etwas Altes loszulassen. Klar kann man sagen, ein Fotoalbum im Regal stört ja nun wirklich nicht am eigenen Fortkommen im Leben oder daran, ein neues Kapitel im Leben aufzuschlagen. Diese Ansicht stimmt sicher grundsätzlich schon. Ich denke aber, dass es auch wichtig sein kann, etwas durch einen Akt zu besiegeln oder loszulassen, indem man was tut. Vielleicht fast wie ein Ritual. Dann habe ich ein Zeichen für mich, an dem ich etwas festmachen kann und ich sage mir damit auch selbst, dass ich nicht nur darüber nachdenke, mich neu zu orientieren, sondern dass ich dafür bereit bin, etwas Materielles, nicht ganz Unbedeutendes, loszulassen.

Ein weiterer Grund ist für mich, dass ich einfach die Dinge auch anders machen möchte, als es normal vorgesehen ist. Z.B. macht man Familienfotos, Fotos der Kinder, macht eben ein Album für das betreffende Kind, damit man sich später mithilfe dieser Fotos erinnern kann. Ich stelle mir plastisch einfach so vor, dass ich dann in vielen Jahren in meinem bequemen Sessel sitze, das Fotoalbum hervornehme, meinen wo möglichen Enkelinnen und Enkeln die alten Fotos zeige und in Erinnerungen an meine Kindheit schwelge, das Buch vielleicht sogar weitergebe, damit dann auch alle anderen diese Zeit betrachten können. Genau das möchte ich nicht. Auch nicht einfach so bequem im Sessel sitzen und an die alten Zeiten zurückdenken. Für mich ist dieses Szenario furchterregend, angsteinflössend. Genau diesem Ablauf möchte ich nicht folgen und mein Leben anders gestalten. Nicht diesen Konventionen folgen. Nicht dem folgen, wie es alle anderen machen. Wie man es eben zu machen hat. Wie es normal sei.

Noch ein Grund ist, dass ich einfach nicht durch die Erinnerung definiert werden möchte. Es nimmt anderen auch die Möglichkeit, mit mir das Fotoalbum anzuschauen und es zu kommentieren. Denn ich möchte lieber über andere Dinge reden und sprechen als über nostalgische Erinnerungen und was ich mit anderen damals erlebt habe und wie es doch war. Die Menschen müssen sich also mit mir als jetziger Person und als Person allgemein auseinandersetzen, weil es keine Fotos mehr gibt, die ihnen ermöglichen würden, bereits bekannte Geschichten auszutauschen und so sich gar nicht wirklich und tiefer mit mir auseinandersetzen müssten.

Also das Fotoalbum ist weg. Mein Weg geht weiter oder beginnt erst so richtig.

Meditation. Hm, was wollen wir mit dir machen?

22.03.18, 20:59 Uhr

Ich habe vor kurzer Zeit einen Meditationsabend besucht, nach ignatianischer Spiritualität. Der Abend wurde von einer Schwester, also einer Diakonisse geleitet. Es war echt eine gute Erfahrung für mich. Früher hatte ich Mühe, mich auf sowas einzulassen. Auch, weil ich dann gar nicht in die Tiefe gehen konnte und nicht zu mir kommen konnte, da mich so viel davon abhielt. Jetzt scheint es besser zu fruchten und ich will deshalb einen Versuch starten, mal daheim zu meditieren. Also ein bisschen nach meiner Art und ich weiss auch noch nicht genau wie. Ich will dabei nicht meine Milz spüren oder jetzt meine Leber fühlen oder so, sondern ich will Lebensfragen bearbeiten dabei. Ok, das ist vielleicht jetzt nicht unbedingt so, wie man an eine Meditation herangehen sollte. Nach der buddhistischen Tradition sollte man gerade kein Ergebnis wünschen und die Meditation nicht deswegen machen. So habe ich das gehört. Aber ich möchte irgendwie mit der Meditation zu Tieferem vorstossen. Zuerst möchte ich wissen, was mich denn im Unbewussten und im Inneren eigentlich beschäftigt und wie es da aussieht. Dann möchte ich auf neue Ideen und neue Inspirationen, vielleicht auch auf eine Art von Lösungsansätzen kommen.

Ich habe zum Beispiel den Hang, mich so verhalten zu wollen, wie es die übrige Gesellschaft tut. In sehr vielen Bereichen habe ich diesen Wunsch oder vielmehr Drang. Und wenn ich dann versuche, meinen eigenen Weg zu gehen, scheitere ich ziemlich kläglich und ziemlich schnell. Hier möchte ich in die Tiefe gehen und einmal in mich hineinhören, was den meine Lebensvorstellungen sind und wie ich "glücklich" werden könnte. Der Knackpunkt dabei ist, dass ich mich ja nicht voll abschotten will und alles sonst doof finden will, sondern trotzdem offen bin für andere Ansichten und andere Lebensweisen. Und das ist wirklich ein grosser Knackpunkt für mich.

Abgesehen von so konkreten Fragen, möchte ich einfach tiefer eintauchen in meine Gefühle und meine Beweggründe, warum ich etwas mache oder nicht. Ich möchte einfach auch zu mir durchdringen und mich mehr mit den tieferen, schönen und heilsamen Dingen beschäftigen als mit vielen oberflächlichen Dingen, die mich nicht weiterbringen.

Also wie gesagt, das ist jetzt ein Versuch. Das erste, was ich jetzt mache, ist so eine Klangschale zu kaufen, um die Meditation zu beginnen und einzuleiten. So weit bin ich immerhin schon mal. Dann brauche ich irgendein Schema, das mir einen gewissen Rahmen gibt und wo ich auch eintauchen kann in die Meditation. Da werde ich jetzt etwas suchen und dann werde ich einen Versuch starten. Aber es ist schon mein Ziel, da jetzt dranzubleiben.

Ich werde euch auf dem Laufenden halten, wenn das Ganze klappt und hoffe, euch

berichten zu können, wie es läuft. Wenn es
dann läuft.

Bis dann. Euch alles Gute und liebe Grüsse von

thoughts on life

Wenn dich ein Thema in einen Strudel ziehen will.

23.03.18, 20:20 **Uhr**

Hallo zusammen

Ich will in diesem Blogbeitrag kurz erzählen, wie ich recht schnell von Themen eingenommen werden kann.

Für mich kann das teilweise zu einem Problem werden, wenn ich mich von einem Thema zu sehr vereinnahmen lasse. Ich nehme das Thema dann atmosphärisch wahr, tauche in die Welt ein und wenn ich nicht aufpasse, dass ich früh genug wieder herauskomme, komme ich in eine Art Strudel. Es folgen dann Gedanken und eine Stimmung, die mich belasten und mitreissen wollen. Ich habe dann Mühe, mich davon abzugrenzen und wieder «zu mir zurückzukommen». Ähnliches kann auch im Alltag passieren, wenn es irgendwas gibt, wie ein Trigger, das plötzlich meine Stimmung um hundertachtzig Grad dreht. Das können ganz unscheinbare Dinge sein, Gedanken, ein Gefühl, oder ein Gedanke, der dann zum Gefühl führt. Es kann natürlich auch ein Trigger sein, der zum Positiven führt. Manchmal kämpfe ich aber auch damit, nicht plötzlich abzutauchen in eine negative Spirale und das kann manchmal anstrengend sein und es ist nicht immer so vorhersehbar. Mir werden diese Dinge erst in letzter Zeit richtig bewusst und ich überlege mir, wie eine Strategie aussehen könnte, damit umzugehen. Eine Zeitlang dachte ich, dass das nicht sein darf, dass ich was falsch mache, dass es so ist und dass das Ganze einfach wegmuss. Jetzt ziehe ich in Betracht, dass es vielleicht nicht einfach "weg" gehen wird, ich nicht die Schuld dafür habe, ich vielleicht zu einem gewissen Mass so gestrickt bin, dass ich empfindlich und sensibel auf Gedanken, Welten von anderen und Stimmungen reagiere und ich lernen MUSS, damit umzugehen, anstatt zu warten, bis es einfach weg geht.

Ein lieber Gruss und alles Gute euch.

thoughts on life

Kann man sich selbst untreu werden?

25.03.18, 10:21 Uhr

Ich hatte gestern eine kleine Diskussion mit anderen darüber, ob man sich selbst untreu werden kann. Und eigentlich müsste man an seiner eigenen Hochzeit, wenn man dann heiratet, nicht nur der anderen Person Treue geloben, sondern eben auch sich selbst. Sich versprechen, hoch und heilig, sich selbst, bis dass der Tod einen scheidet, treu zu sein.

Die Ansichten gingen auseinander. Die eine Ansicht war, dass man sich selbst sowieso immer treu ist. Also, dass man sich selbst gar nicht untreu sein kann. Ich bin da klar anderer Meinung. Ich finde, man kann durchaus sich selbst untreu sein. Man kann sich selbst verraten, indem man z.b. seine Ideale verrät, um ein erfolgreiches Geschäft aufzuziehen, dass nicht zu einem passt. Man kann durch das Geld betrogen werden. Man kann durch Macht betrogen werden. Man kann durch die Karriere betrogen werden. Eine Meinung war dann, dass man sich selbst ja auch treu bleibt, wenn einem z.B. Erfolg und Geld wichtig sind. Dann hat man halt einfach andere Werte. Aber dem widerspreche ich ganz klar. Denn für mich sind z.b. geldgierig zu sein, machtsüchtig zu sein, erfolgssüchtig zu sein und ähnliche Dinge eigentlich keine Werte an sich. Und ich möchte diese Dinge auch nicht als Kern eines Menschen verteidigen, denen man jetzt treu oder untreu werden könnte. Diese Dinge sind es für mich auch nicht wert, dass man ihnen Wert beimisst.

Und eben schon gar nicht, dass man das Gefühl hat, man können ihnen treu oder untreu sein.

Die Diskussion war dann auch, ob man z.B. in einer Beziehung Kompromisse eingehen soll. Wenn jetzt ein Kompromiss heissen würde, sich selbst untreu zu werden, dann steht das sich selbst treu sein für mich ganz klar über der Beziehung. Es fragt sich natürlich, was für eine Beziehung man sich denn wünscht. Aber wenn die Beziehung nur funktioniert, wenn man Kompromisse im Sinne des sich selbst untreu Werdens eingehen muss, dann wäre es für mich auch nicht eine wünschenswerte Beziehung. Ich gelange immer mehr zur Ansicht, dass es eigentlich nicht zulässig ist, sich selbst zu verraten. Um was es auch immer geht oder was sonst auch immer auf dem Spiel steht. Aber das ist natürlich eine persönliche Entscheidung, wie man das handhaben will und wie man dazu steht. Jedenfalls ich bin der Ansicht, dass man einmal in erster Linie für sich verantwortlich ist, wie man mit seinen Idealen umgeht. Ob man sie verrät oder ob man ihnen treu bleibt.

Verdammt nochmal, tut doch nicht dauernd so glücklich!

25.03.18, 10:38 **Uhr**

Manchmal gehts mir echt auf die Nerven. Alle sind glücklich. Alle TUN glücklich. Als ob die Sonne Tag und Nacht nur für einen scheinen würde. Aber Leute, seid doch endlich verdammt nochmal ehrlich und zeigt auch mal, wie es euch geht. Die Welt würde nicht schlechter, glaubt mir. Denn wenn alle fröhlich tun, können die Probleme nicht gelöst werden. Und darum gehts doch auch. Dass die Dinge ans Licht kommen, man darüber reden kann und sich was verändert innerlich. Man vielleicht freier wird, eine neue Erkenntnis, eine neue Einsicht hat oder wieder einen neuen Weg sieht.

ABER ES GEHT NUN MAL NICHT, WENN IHR NICHT EHRLICH SEID UND SO OBERFLÄCHLICH GLÜCKLICH LEBT, WIE ES SCHON UNSERE ELTERN TATEN!

Lasst den Menschen um Himmels willen Mensch sein! Einige persönliche Gedanken.

26.03.18, 16:44 Uhr

Liebe Leserin, lieber Leser

In diesem Blogartikel geht es um meine Hinterfragung von angelernten religiösen Vorstellungen und von der einen, ultimativen Wahrheit. Und wie ich neue Ansichten und Ideen von anderen Menschen hören möchte.

Ich habe gerade das Buch von Carlos Fraenkel «Mit Platon in Palästina. Vom Nutzen der Philosophie in einer zerrissenen Welt» gelesen. Fraenkel, selber Atheist, reiste an fünf verschiedene Orte auf der Welt, um dort mit Studierenden und Bürgern, mithilfe der philosophischen Werkzeuge, über dortige aktuelle Probleme zu debattieren. Die Philosophie sollte eine Grundlage für die Debatte bilden. Ausgangspunkt der Diskussion war die Übereinkunft, seine Position mit Argumenten vorzubringen und nicht unhinterfragt einfach aufgrund der Bibel, des Korans oder unreflektierter Überzeugungen. Ziel der Diskussionen war es auch, seine Position möglicherweise als irrig zu verwerfen, wenn es in der Diskussion plausiblere Argumente gab.

Ich finde Fraenkels Ansatz einer
«Debattenkultur» gut und wichtig. Und sein
persönliches Engagement dafür, für die
Menschen, fürs Aufeinander eingehen und für
die aufrichtige Auseinandersetzung mit den
persönlichen, gesellschaftlichen oder
politischen Fragen, haben mich beeindruckt.
Das Buch hat mich dann auch dazu inspiriert,
einige persönliche Gedanken mit euch zu
teilen.

Diejenigen, die einige meiner früheren
Blogeinträge gelesen haben, mögen
mitbekommen oder geschlussfolgert haben,
dass ich in einem christlichen Elternhaus
grossgeworden bin (Darkness go back to hell
vom 16.02.18, Happiness does not come by itself
vom 15.02.18, Fuck you morality vom 17.02.18).
Dies hat mich im Nachhinein betrachtet mehr
geprägt, als ich es mir zugestehen wollte. Ich
denke, es hat mit zweierlei zu tun, dass ich
diese Wahrheiten, die mir präsentiert wurden,
unhinterfragt angenommen habe. Einmal ist es
zu einem gewissen Masse menschlich und
bequem, etwas einfach aufgetischt zu
bekommen und nicht selber danach suchen zu
müssen. Zumindest ist das für mich zutreffend.
Zum anderen wurde mit dem Weitergeben des
Glaubens eben grad implizit (also so, dass
etwas ohne es direkt zu benennen mit
ausgesagt wird) auch weitergegeben, dass die
Bibel die massgebliche Wahrheit bereits
enthält und jegliches Beschäftigen mit anderen
Ansichten nicht zur Wahrheit führt. Und dass
das sogar gefährlich sein und einen vom
richtigen Weg abbringen kann.

Erst seit kurzer Zeit, und das mit bald
dreiunddreissig Jahren, genügt es mir nicht
mehr, im christlichen Umfeld zu bleiben, wo ich
von Ansichten und Ideen, die andere haben,
wenig erfahre. Ich glaube, es ist nicht der
einfachere Weg, sich selbst auf die Suche nach
Wahrheit und richtigen, respektive plausiblen
Ansichten zu machen. Aber ich merke, dass nur
schon das selber suchen, um Antworten auf
meine Fragen zu bekommen (oder vielleicht
gibts dann halt auch keine eindeutigen
Antworten, was für mich nicht per se ein
Problem darstellen würde) mich viel glücklicher
macht, als einfach unglücklich in bestehenden
und angelernten Antworten zu verharren.
Vielleicht kann man auch sagen, dass nur schon
das Suchen an sich und dieser Prozess einen
Sinn in sich hat. Für mich geht es dabei auch
gar nicht um das Herausfinden der einzig und
allein gültigen Wahrheit. Gerade daraus
komme ich ja von meiner christlichen Erziehung
her. Und wenn man dann einmal die alleinige
Wahrheit zu wissen glaubt, dort aufhört mit
Denken und darin verharrt, dann wird das
Leben echt langweilig. Das kann ich euch
versichern. Mir geht es momentan darum, von
anderen ihre Ansichten zu hören, wie sie eine
Frage sehen und betrachten und offen zu sein.
Und eben auch wirklich offen dafür zu sein,
dass man jetzt einfach mal was nicht oder nicht
eindeutig beantworten kann. Und mir scheint,
dass die Gläubigen im Christentum und sicher
auch in anderen Religionen einfach davon
überzeugt sind, DIE Wahrheit zu besitzen. In
einer Diskussion mit ihnen wird man das
Gefühl einfach nicht los, dass nicht beide
Diskutierenden auf der gleichen Ebene sind.
Der Gläubige hat einfach das Ziel, die andere
Person von seiner Wahrheit zu überzeugen.

Man kann ihm oder ihr nicht einmal grundsätzlich einen Vorwurf dafür machen. Denn wenn ich denke, ich habe die einzige Wahrheit, dann ist es eigentlich logisch, dass meine Aufgabe einzig und allein darin besteht, diese dem oder der anderen weiterzugeben.

Im Christentum, wie ich es erlebt habe, habe ich einfach zu einem grossen Teil wahre Freiheit vermisst. Die Freiheit, einfach sich selbst zu sein. Die Freiheit zu leben. Die Freiheit, jetzt nicht immer grad Gott anbeten zu müssen. Nicht immer Rechenschaft über sein Leben ablegen zu müssen. Nicht immer die gleichen Argumente, immer die gleichen Begründungen zu hören. Und es gibt z.B. auch die Grundannahme, dass man Gott immer dankbar sein sollte. Es dreht sich einfach immer alles um Gott. Gott, Gott und nochmals Gott. Ihn ehren, für ihn singen, für ihn alles machen.

In letzter Zeit lerne ich immer wieder Menschen kennen, mit denen ich freiheitlich sprechen kann und die auch freiheitliche Konzepte haben. Das interessiert mich und ehrlich gesagt fühle ich mich da Gott näher als bei Menschen, wo ich einfach schon weiss, was sie jetzt als nächstes sagen werden. Und mit welchem Argument. Ich persönlich bin gerne mit Menschen zusammen, die Menschen sind und einfach sich als Menschen verhalten. Für die Freiheit sind. Für Empathie sind. Für gute Freundschaften. Und einfach für das Leben sind. In dieser Atmosphäre fühle ich mich wohl. Auch weil ich dann einfach so angenommen werde, wie ich bin.

**Liebe Grüsse und alles Gute von
thoughts on life**

Gibt es etwas, wofür du sterben würdest?

31.03.18, 14:33 Uhr

Hallo zusammen

In diesem Beitrag geht es um die Frage, ob es für dich etwas gibt, wofür du bereit wärest zu sterben. Es ist also eine Frage an dich, die du dir mal stellen kannst, wenn du möchtest. Und ich erzähle kurz, wie ich auf diese Frage gekommen bin.

Ich lese gerade das Buch von Nadja Tolokonnikowa mit dem Titel «Anleitung für eine Revolution», erschienen beim Hanser Verlag Berlin. Ihr Buch ist quasi ein Leitfaden für eine Revolution in ihren Worten und mit ihrer Geschichte. Tolokonnikowa wurde vor einigen Jahren bei einer Aktion der Punk-Band Pussy Riot in Russland verhaftet und zusammen mit einer weiteren Teilnehmerin für einige Zeit in ein Arbeitslager gebracht. Ich stelle mir beim Lesen die Frage, wie sie die Gefahr selber wohl einschätzte, ernste Konsequenzen an Leib und Leben mit ihren Aktionen davonzutragen. Und ich meine jetzt gerade nicht absehbare Konsequenzen, die Leib und Leben nicht unmittelbar berühren. Ich frage mich, ob sie und ihre Kolleginnen ihre Aktionen auch gemacht hätten, wenn sie davon ausgegangen wären, dass sie möglicherweise an Leib und Leben zu Schaden kommen. Sprich, dass sie beispielsweise für ihre Aktionen mit dem Tod hätten bezahlen müssen. Dies scheint mir nicht ganz klar zu sein in ihrem Fall.

Jetzt zu einigen Möglichkeiten, die mir in den
Sinn kommen, für die man allenfalls bereit sein
könnte, zu sterben. Man könnte für die
Demokratie sterben. Falls dieser «Wert» einem
so wichtig ist, dass man, wenn es notwendig
wäre und sie verteidigen müsste, dies sogar
mit dem Preis des Todes tun würde. Man
könnte für die freie Meinungsäusserung
sterben. Und weiteren westlichen, eigentlich
von den meisten anerkannten
«Errungenschaften» und Werten. Man könnte
für eine Religion sterben, wenn man diese nicht
verleugnen möchte. Hier erinnere ich an den
Film «Silence» von Martin Scorsese. Man
könnte für einen anderen Menschen sterben.
Anstelle von ihm, um für ihn seine Strafe zu
«übernehmen». Also, wenn man davon
ausgehen würde, dass dies mit dem heutigen
Recht überhaupt möglich wäre. Als Beispiel
siehe hier Jesus. Oder man könnte für
jemanden sterben, weil man diese Person
beschützen möchte oder es sogar eine
berufliche Aufgabe ist. Siehe die Leibgarde, die
Personen beschützt. Man könnte für viele
weitere Ziele sterben. Oder man könnte
sterben, um Rache zu üben an seinen Liebsten,
damit man dann gewissermassen im
Mittelpunkt steht, was man im Leben nach
seiner Ansicht zu wenig gespürt hat. Man
könnte sterben, um jemandem weh zu tun.
Man kann «für den Krieg» sterben, um sein
Vater- oder Mutterland zu verteidigen. Man
kann auch sagen, es braucht keinen Grund, um
zu sterben. In diesem Fall wäre einem das
Leben bedeutungslos und wertlos und man
würde vielleicht einfach so aus einer Laune sich
plötzlich umbringen. Man könnte sterben, um
ein Organ z.B. seiner Liebsten oder seinem
Kind zu spenden und für diesen Vorgang

müsste man selber sterben. Es gäbe sicher noch viele andere Gründe, wofür man sterben könnte.

Was mir auffällt, ist, wie sehr wir versuchen, uns an unser Leben zu klammern. Und wie wir grundsätzlich zuerst an unser Leben denken und dann erst an die anderen und dann erst an die Gründe, wofür es sich möglicherweise «lohnen» könnte, zu sterben. Aber warum hängen wir so sehr an unserem Leben? Das wäre eine weitere Frage, die man sich stellen könnte. Ich für mich persönlich möchte so mutig werden, dass ich sogar bereit wäre, für etwas zu sterben. Natürlich muss ich von diesem etwas extrem überzeugt sein und es als so hoch ansehen, dass es mir mein Leben oder dann eben meinen Tod wert ist. Ich bin momentan noch in einem Findungsprozess bei dieser Frage. Grundsätzlich denke ich, möchte man ja, dass wenn man für etwas stirbt, dass dies dann (wenigstens) auch in der Nachwelt etwas bewirkt. Vielleicht etwas auslöst oder etwas verändert. Geht man davon aus, dass es nichts verändern würde, wäre man dann immer noch bereit, zu sterben für diese Sache? Vielleicht, weil man gar nicht anders kann und seine Überzeugungen so oder so nicht verleugnen würde?

Es stellt sich noch die Frage, ob man den überhaupt sterben soll für etwas. Oder ob das Sterben für etwas vielleicht ein hehrer Gedanke ist, aber vielleicht auch ein lügenvoller Gedanke, der eine falsche Denkweise vorgaukelt. Man könnte auch sagen, es ist nie gut, für etwas oder für jemanden zu sterben. Weil man das nicht muss, weil man damit sein Leben «verschwendet». Oder was wäre dann der Sinn, wenn man für etwas stirbt? Oder aus welchen Motiven würde man dies tun?

Ich bin mir nicht mehr so sicher, wie ich das früher noch war, dass es Dinge gibt, für die es sich absolut lohnt, zu sterben. Vielleicht kann man dies auch nicht eindeutig beantworten und es wäre letztendlich jedermanns freie Entscheidung (und beide Entscheidungen wären ok), ob man sich jetzt zum Beispiel schützend vor sein Kind stellen würde oder nicht. Oder ob man für eine Meinung und für politischen Aktivismus stirbt (so, wie z.B. Sophie Scholl während dem Nationalsozialismus) oder ob man seine Handlungen widerruft, dafür aber weiterlebt. Und vielleicht auch noch wichtig dabei: Man sollte nicht zu schnell von Feigheit sprechen, wenn jemand sich in den gerade genannten Beispielen fürs Leben entscheiden würde.

Soviel also zu meinen Ausführungen zur Frage, ob es etwas gibt, wofür du sterben würdest. Wofür wir sterben würden. Wofür ich sterben würde. Diese Frage wirft weitere Fragen auf, wie wir im Text gerade gesehen haben. Und ich denke, man sollte sich die Beantwortung dieser Fragen nicht zu leicht machen und auch nicht zu schnell seine sakrosankten Schlüsse ziehen.

Euch alles Gute und liebe Grüsse von

thoughts on life

Mein Meditationsgebet.

01.04.18, 10:00 Uhr

Du darfst deinen Tag gestalten/ Du bist dir gegenüber Rechenschaft pflichtig/ Behandle deine Seele einfühlsam. Du bist es ihr schuldig, dass du auf sie eingehst. Denn sie bestimmt, wie dein Leben verlaufen wird/ Lass dich berühren von Menschen und von Tieren. Von Gefühlen. Von Schönem. Von Alltäglichem. Von Pflanzen. Vom Geist des Wohlwollens und vom Geist der Vergebung/ Liebe jeden Menschen, jede Pflanze und jedes Tier/ Sei du selbst! Gib die Hoffnung für dich nie auf/ Dein Herz kennt dich und du kennst dein Herz/ Übernimm Verantwortung für dich und du wirst richtig frei werden/ Triff Entscheidungen und du wirst frei werden/ Suche nach Wahrheit, nach Liebe, nach dem alles Einenden und nach Ergriffenheit/ Gestalte jetzt deinen Tag und sei offenherzig.

Meditationsgebet von thoughts on life

Meditation/Kontemplation: 2. und 3. April 2018

03.04.18, 17:10 Uhr

Gedanken während der Meditation/Kontemplation.

2. April 2018

-Deinen Weg gehen.

-Dich ausleben.

-Deine Gedanken müssen raus aus dir! Ans Licht!

-Basel (in eine neue Stadt ziehen)

-Höre auf dich. Auf dein Innerstes. Auf deine Eingebungen. Auf deine Intuition.

-Lerne, mit der Intuition zu leben.

-Schaffe Kunst. Durchbruch. Nicht aufgeben. An dich glauben.

-Nische. Deinen Ideen trauen.

-Stimmen hören.

3. April 2018

-Glaube an dich. Gib nie auf. Gib deine Pläne und deine Träume nicht auf. Halt an ihnen fest. Auch, wenn es Angst macht oder Unsicherheit aufkommt.

-Liebe dich selbst. Wie du bist und wie du denkst, fühlst und handelst.

-Du bist gut, so wie du bist.

-Sei mutig. Höre auf dich.

-Lebe deine Intuition. Lerne immer mehr, auf deine Intuition zu hören. Denn es kommt gut.

-Lerne, an dich zu glauben.

-Trau dir und deinen Werten und den Gedanken, die du hast und die du dir machst.

-Du darfst anders sein und anders denken.

-Lebe dich aus. Sage, was du denkst. Sei authentisch und höre auf dich.

-Nehme nicht die Welt, die dich umgibt, zum Massstab. Sondern deine Gefühle, Wahrnehmung, deine Gedanken und dein Sein.

-Sei. Lebe in dir. Lebe dich aus.

-Drück dich aus. Höre auf dich.

Der Mann will immer nur EINES. Sex. Sex. Sex.

05.04.18, 16:30 Uhr

Der Mann denkt immer nur an eines. An Sex. Er will nur eines. Sex. Hier eine kurze Auseinandersetzung mit dieser These.

Klar, alle (oder sicher viele) würden mir da sofort widersprechen (oder gerade auch nicht?) und sagen, das ist ein überzeichnetes Klischee vom Mann und seinem «Trieb». Aber ist es das wirklich?

Nehmen wir einmal an, die These würde zu einem guten Teil stimmen. Dann würde sich für mich die Frage stellen, was zu dieser Sexzentriertheit des Mannes geführt hat. Klar, man kann sagen, diese Sexzentriertheit wäre per se nicht schlecht. Gehen wir mal davon aus, dass die Sexzentriertheit so ist, dass einige damit ein Problem haben und es sich anders wünschen. Dann könnte es entweder im Mann selbst angelegt sein. Also, naja, er ist nun mal so. Er wurde quasi so geschaffen. So ist er eben. Der Mann. Andererseits kann man sich fragen, ob es ganz oder zu einem Teil sozial konstruiert wäre. Er also als junger Mann in diese Richtung geführt wird. Ihm dieses Bild gezeichnet wird und er sich dann in seinem Denken und Handeln diesem Bild des Mannes anpasst. Da ja logischerweise dieser junge Mann auch ein richtiger Mann sein will. So wie die Gesellschaft eben einen "richtigen" Mann darstellt. Dieses Bild könnten die jungen Männer dann untereinander zementieren und

sich in diesem Bild bestätigen, da ja alle so
denken. Vielleicht wünschten sie sich insgeheim
eine Hilfeleistung von den Frauen. Und
wünschten sich von ihnen eine differenzierte
Ansicht darüber. Gehen wir jetzt einmal davon
aus, diese Hilfestellung von gleichaltrigen
jungen Frauen würde ausbleiben und sie
würden dem Mann zu erkennen geben, dass
sie es auch unbedingt machen wollten. Dieser
junge Mann, oder diese jungen Männer
würden weiter darin bestätigt, dass es schon
früh um Sex geht und dies quasi über Sein und
Nichtsein entscheidet. Dazwischen gibt es
natürlich die Möglichkeit, dass diese
Sexzentriertheit teils im Mann angelegt ist als
auch teils sozial anerzogen ist.

Was ich damit sagen will, ist, dass es schlicht
und ergreifend sinnvoll ist, sich einmal genauer
mit diesem Thema auseinanderzusetzen. So
pauschalisierende Thesen, die immer wieder
rumgeistern, und eben mehr als nur
rumgeistern, tragen sehr wenig zur echten
Auseinandersetzung mit diesem Thema bei.
Genau wie bei sexistischen Vorurteilen, die
man bei der Frau hat (und mit denen man sich
auch nicht zufriedengeben kann) finde ich es
auch wichtig, sich gleichermassen mit
Vorurteilen, die man gegenüber dem Mann
hat, auseinanderzusetzen. Ich plädiere sogar
für einen neuen Mann und eine neue Frau.
Zumindest in der gesellschaftlichen Diskussion
sollten wir unbedingt diesen neuen Mann und
diese neue Frau kreieren. Und das beginnt in
unseren Köpfen. Einmal raus mit all dem Müll,
der unser Denken vom Denken abhält. Einfach
mal von vorne anfangen und auch offen sein
für Ungewohntes, auf das man eben gar nicht

kommt, wenn all die Vorurteile im Hirn rumgeistern. Ja, das braucht seine Zeit. Aber ich für mich persönlich will mich nicht zufriedengeben mit den gängigen Denkmustern (der Gesellschaft). Ich versuche auch, in Diskussionen und Gesprächen diese Vorurteile nicht weiter zu beflügeln, auch nicht ironisch oder als ein Witz verpackt. Sonst verstärken sie sich aus meiner Sicht nur noch mehr in den Köpfen.

Klar, diese Diskussion um die sogenannte Sexzentriertheit des Mannes (oder eben sogar unserer Gesellschaft) bewegt wohl längst nicht alle so stark wie mich. Aber mich stört es auch persönlich, wenn man sich nicht dazugehörig fühlt, ausgeschlossen oder als nicht normal, wenn man halt mal ohne Sex lebt. Und wer will sich denn von der Gesellschaft ausgeschlossen fühlen? Ich zumindest nicht. Mir ist es eigentlich sehr wichtig, dass ich offen bin für die Gesellschaft, dass ich mitdenke, und mich auch dazugehörig fühle. Mich lässt das nicht kalt.

So und jetzt gibt's hier für den sexzentrierten Mann (und die sexzentrierte Frau) und auch für die nicht sexzentrierten Zeitgenossen und Zeitgenossinnen ein paar Vorschläge für den nächsten (hoffentlich nicht sexzentrierten) Sex:

- Im Bett des WG-Kollegen oder der WG-Kollegin.
- In der Dusche.
- In der Badewanne.

-Im Wald beim offenen Feuer.

-Im Wald, wenn der Fuchs auf Jagd geht.

-Am Fluss nachts.

-Im Zelt, wenn es nieselt.

-In der privaten Sauna eher nicht (falls man nicht an einem Hitzeschlag sterben will).

-Vor dem offenen Fenster, damit der Nachbar/die Nachbarin zuschauen kann.

-Im Freibad (wenn man eingeschlossen wurde, dann hat man auch die ganze Nacht Zeit).

Aber ja, jetzt habe ich die eingangs gestellte Frage doch noch nicht richtig beantwortet. Stimmt es wirklich, dass der Mann so sexzentriert ist? Liegt das in seiner Natur? Man könnte davon ausgehen, wenn man sich so umhört oder wenn man der gesellschaftlichen Diskussion darüber folgt. Doch ich persönlich habe immer mehr Zweifel, dass dies wirklich die Natur des Mannes ist. Wie würde sich doch die gesellschaftliche Diskussion über den Mann verändern, wenn man diese These als nicht naturgegeben betrachten würde und dann zielführender über den Mann sprechen könnte. Wäre das die nächste Revolution unseres Denkens?

Warum Gott NICHT genug ist. Das Enneagramm hilft.

19.04.18, 10:20 Uhr

Hallo zusammen

Ich beschäftige mich zurzeit mit dem Enneagramm, das 9 Persönlichkeitstypen kennt. Jeder Typ hat eine sogenannte «Wurzelsünde» und kann von dieser «erlöst» werden, wenn er diese erkannt hat und dann daran arbeitet.

Mir wurde als Kind immer gesagt, gehe zu Gott, bekehr dich, gehe zum Altar, gib dein Leben tränenüberströmt Gott. UND ALLES WIRD GUT! Nein, Leute, so geht es natürlich nicht. Ich gehe also zum Altar und gebe mein Leben Gott. Ein heiliger Moment soll das sein. Sehr heilig. Und dann? Nada. Habe ich was gefühlt. Nee. Hat sich was verändert. Nee. Aber das ist ja auch völlig logisch, dass sich nichts verändert hat. Denn bei dieser Strategie beschäftigt man sich nicht mit sich selbst. Man sucht nicht seine Schwachpunkte, um dann selber aktiv an ihnen zu arbeiten. Man denkt, es wird sich einfach jetzt alles lösen. Was für eine Logik ist denn das?

Das Enneagramm hat Fleisch am Knochen. Und es zeigt konkret Dinge auf, mit denen man arbeiten kann. Man hat etwas in der Hand und kann herausfinden, warum man sich so und so verhält. Oder warum man immer wieder mit den gleichen Dingen Probleme hat. Warum

man sich bei gewissen Dingen in einer Endlos-
Schleife zu befinden glaubt. Bei jedem Typen
gibt es den sogenannten «unerlösten» Zustand
und den «erlösten» Zustand. Ziel ist natürlich,
sich soweit wie möglich in den «erlösten»
Typen zu verwandeln. Denn dann kann man
sein Wahres leben und bleibt nicht im Zustand,
wo man sich Dinge vormacht und an Dingen
festhält, die nur vermeintlich wahr sind.

Ich habe erst grad damit angefangen damit
und muss mich da ein bisschen einarbeiten. Ich
bin gespannt.

Bis bald wieder.

Lieber Gruss von

thoughts on life

Sag es auf die harte Tour!
24.04.18, 11:46 Uhr

Hallo zusammen

Gestern war ich wieder mal ein bisschen deprimiert, weil ich häufig keinen Mittelweg finde, zwischen etwas extrem und überzeichnet ausdrücken oder sagen und etwas moderat und "angepasst" ausdrücken und sagen. Wenn ich mich fürs Moderate entscheide (was ich fast nicht kann und mir unglaublich schwerfällt), dann habe ich das Gefühl, die Wirkung aufs Gegenüber ist zu mässig und vor allem, ich kann mich dann nicht fühlen. Ich spüre dann nur eine doofe, angebiederte und wirkungslose Mittelmässigkeit. Und dieses Gefühl kann ich fast nicht ertragen. Deshalb entscheide ich mich häufig für die grosse Wirkung. Also, etwas provokativ, überzeichnet und emotional rüberzubringen, das beim Gegenüber die Wirkung nicht verfehlt. Und hier kann ich mich auch spüren. Ich kann mich ganz in das hineinbegeben, das ich ausdrücke und ich kann mich richtig spüren. Das, was ich ausgedrückt habe, fühlt sich dann eindringlicher, einmaliger und vielleicht auch kunstvoller für mich an. Und von dem lebe ich grösstenteils, wenn ich ehrlich bin. Da den Mittelweg zu finden, ist für mich fast ein Ding der Unmöglichkeit. Momentan bin ich daran, mir bessere Klarheit darüber zu verschaffen, wie ich mich in dieser Hinsicht entwickeln will. Es deutet momentan aber schon auf das Radikale, Provokative, Ungefilterte, Unzensierte und manchmal halt vielleicht auch Verletzende hinaus. Wobei ich mir aber vor allem beim Verletzenden schon Gedanken mache, weil dies auf Dauer eigentlich nicht das Rezept sein kann. Jedoch finde ich, muss man beim Verletzenden unterscheiden: Zum einen kann schon eine eigene Meinung jemanden verletzen, und diese dann nicht zu äussern, nur weil sich die Person deswegen verletzt fühlt, das finde ich keine gute Lösung. Andererseits kann man verletzen, wenn man auf einen wunden Punkt drückt, und sich dem mehr oder weniger bewusst ist. Dann kann es meiner Ansicht nach tiefere Verletzungen geben, als beim erstgenannten Punkt.

Trotz oben genannter Herausforderung und weiteren Herausforderungen in meinem Leben, muss ich sagen, dass es mir momentan recht gut geht und ich zurzeit ein positives Lebensgefühl habe. Dies äussert sich in Optimismus, Hoffnung und Glaube an eine gute und erfüllende Zukunft. Dieses Lebensgefühl hatte ich den grössten Teil meines Lebens nicht. Darum geniesse ich jeden Moment, wo es da ist und bin dankbar dafür. Und ich finde, gerade die Hoffnung und der Glaube an eine positive Zukunft und der Glaube an Veränderungen zum Guten, ist eigentlich so immens wichtig, um dem Leben zu begegnen. Aber wie gesagt, das ist manchmal recht einfach gesagt.

Liebe Grüsse von

thoughts on life

Seine Liebe war anders als ihre Liebe. Und ihre Liebe war anders als seine Liebe.

31.05.18, 23:03 Uhr

Er war so mit seinen Gedanken beschäftigt, dass er das Leben kaum mitbekam. Sie bestimmten, wie er sich fühlte und sie bestimmten, wie er dann handelte. Sie bestimmten, wie er sich sah. Sie bestimmten sein Bild über andere und sie raubten ihm manchmal fast die ganze Energie.

Sie sah das alles und wusste, er musste das selber in den Griff kriegen. Oder seine Gedanken besser nutzen, um sie für Kreativität einzusetzen und für eine Weltsicht, die anders war, und speziell. Die nicht alle gleich verstanden, aber die zu ihm gehörte. Und die eine Realität von vielen Realitäten war. Die wirklich ein Teil seiner Realität werden konnte.

Als sie zusammenkamen, wusste er, dass sie Ähnliches durchmachte. Also mit den ganzen Gedanken. Doch wichtig war für beide, nicht in des Anderen Gedanken einzugreifen. Denn das war extrem wichtig, wenn sich aus diesen Gedanken eine ganz eigene Welt entwickeln sollte. Es war geradezu existentiell wichtig.

Neben ihren Gedanken kam jetzt auch die Liebe zueinander hinzu. Nicht eine klassische Liebe. Was für eine Liebe, spielte auch nicht eine so grosse Rolle. Es war die Liebe von ihm.

Und es war die Liebe von ihr. Die sich jeweils mit den Gedanken von ihm und den Gedanken von ihr vermischte. Und so war auch seine Liebe nicht die gleiche, wie ihre Liebe und umgekehrt.

An diesem Tag.
11.06.18, 07:05 Uhr

An diesem Tag hatte er nicht mehr zu tun, als sich selbst zu finden. Und er meinte das nicht auf esoterische Art und Weise oder als abgehobener Selbstfindungstrip. Er meinte sich finden im Sinne von Substanz finden, von was Echtem finden. Er wollte auf etwas stossen, mit dem er arbeiten konnte. Das sich nicht einfach in Luft auflöste, wenn er es berühren und ergreifen wollte. Und ja, so war er aufgestanden an diesem Tag und die Hoffnung war bereits da, dass er an diesem Tag weiterkommen würde mit seiner Suche. Und ja, auf einige Dinge war er ja bereits gestossen in der vergangenen Zeit. Und das gab ihm Mut, da dranzubleiben.

Oh, der Geschichtenerzähler hat jetzt noch ganz vergessen, die «sie» zu erwähnen, die in letzter Zeit häufiger weise in den Geschichten auftauchte. Tja, sie ist gerade bei ihm (für alle, die das interessiert und für alle neugierigen Zeitgenoss*innen). Aber bevor wir die beiden sogar noch belauschen, verlassen wir die beiden, um nochmals die Essenz dieser Geschichte zusammenzufassen: Sich selbst finden (oder wenigstens schon mal mit dem Suchen anfangen) und dabei auf Echtheit und was?, ja genau Substanz, stossen.

Hmm, oder war die Essenz dieser Geschichte vielleicht doch die beiden?

Whoever the fuck says so. For me, it looks like the truth.

02.07.18, 15:22 **Uhr**

Er/Sie/oder: whoever the fuck sagen:

Haha, asozial. In deinem Inneren versteckst du was. Etwas, das niemand sehen soll. Ha, sonst wirst du sowieso abgestempelt. Wer die anderen ablehnt, wird selbst auch abgelehnt, haha. Und Künstler!? Du willst nur haben, was die anderen haben. Aber du bist kein Künstler! Nee, haha, das tut dir grad weh. Hihi, das kommt eben davon. Also: Machen wir mal eine kurze Zusammenfassung: Du bist kein Künstler. Du willst nur haben, was andere haben. Du willst sie ausbeuten, kaputt machen. Ihnen nehmen, was dir nicht gehört. Und du bist eifersüchtig. Haha. Na, wenn du nicht Künstler bist, dann bist du vielleicht einfach ein hundskommuner Mensch. Nichts Besonderes, nichts besonders liebenswertes. Tja, und du denkst, du wirst dann nichts mehr in dir finden, das dich befriedigt. Dich mit dem Normalen abgeben, das ist nicht dein Fall, oder? Haha. Und asozial. Ja, das wussten wir doch schon. Perfide asozial und hinterhältig. Hinterlistig. Haha. Und: Was denkst du jetzt?

Ich/oder whoever ich ist, sage:

Leere. Leere. Mehr als das. Wenn ich nicht was Besonderes habe, was dann? Gemeines Leben. Gemein und fies.

Warum kennen die beiden denn die Küche?

16.07.18, 08:35 Uhr

Die Tür geht auf. Annos kommt herein. Hinter ihm Savana. Die beiden überraschen Santas und Samira, die sich im Wohnzimmer auf der Couch am lieben sind. Beide völlig nackt und Samira, die auf Santas sitzt und ihn reitet. Die zwei hören nicht auf, obwohl sie Annos und Savana sicherlich bemerkt haben. In der Küche machen Annos und Savana Kaffee. Sie setzen sich mit dem Kaffee in der Hand auf zwei Sessel, nicht weit vom Ort, wo es Santas und Samira treiben. Sie schauen den beiden mit ein paar Blicken ab und an zu und trinken ihren Kaffee.

Samira sitzt auf Santas und bewegt ihr Becken nach vorn und zurück. Nach vorn und zurück. Dabei macht sie leichte Kreisbewegungen. Santas liegt derweil auf dem Rücken und bewegt seinen Schwanz leicht auf und abwärts. Nach einer Weile wechseln sie die Position. Samira unten und Santas auf ihr. Am Schluss nimmt Santas Samira von hinten. Aber nicht aus Despektierlichkeit. Samira hat das gewünscht für heute. Santos kommt in ihr. Also ein Kondom hat er immerhin an. Das sei so sicher, wie dass jeden Tag die Sonne wieder aufgehe, meint er jeweils. Samira zweifelt da irgendwie ein bisschen. Denn erstens ist ein Kondom wohl nun mal nicht ganz so zuverlässig wie das Jahrhunderte, Jahrtausende, ja, Jahrmillionen erprobte Gesetz vom Gang der Sonne. Und zweitens, wer sagt denn, dass auch die Sonne nicht mal

keine Lust mehr hat. Ist ja eigentlich eine
Hypothese, dass sie auch morgen wieder
aufgeht. Denn das kann man nur aufgrund der
Erfahrung vorhersagen. Und hier soll jetzt
niemanden Angst gemacht werden, aber ja, es
gibt Kondome, die aus irgendwelchen Gründen
auch immer, geplatzt sind, oder aufgerissen,
oder was auch immer. Und ja, dann kann man
auch schwanger werden, wenn man nicht noch
sonst zusätzlich verhütet. Deshalb nimmt
natürlich auch Samira brav ihre Pille. Und da
sie relativ ängstlich ist, verknurrt sie Santas
dazu, zusätzlich jeweils noch ein Kondom zu
benutzen. Also, wobei ihre Angst ja vielleicht
auch nicht so unbegründet ist. Denn Santas, wie
auch Samira schlafen ja weiss Gott auch noch
mit anderen jeweils. Aber wie dem auch immer
sei. Nach der Turnstunde kommt bekanntlich ja
das Duschen und danach eine gute Tasse
Kaffee.

Dann reden alle vier im Wohnzimmer über ihre
Lebensansichten, was sie geprägt hat, wer
oder was, wie sie sich als Personen sehen und
wie sie ihr Leben in Zukunft gestalten möchten.
Und sie reden über ihren besten Sex, warum es
der besten war, oder warum man Sex gar
nicht vergleichen kann, weil er mit anderen
Personen anders ist, vielleicht gar nicht besser
oder schlechter, einfach anders und weil er
schon mit der gleichen Person anders ist, je
nach Stimmung und Wahrnehmung und je
nachdem, ob die Kaffeetasse jetzt da oder dort
steht (Haha, Witz).

Vielleicht sollte jetzt noch die Tageszeit
verraten werden. Es ist ein ganz normaler

Nachmittag. Dienstag, um (kurz auf die Uhr schauen) exakt 15 Uhr 24 Minuten und 34 Sekunden. Vielleicht nicht die Schulbuchmässige Kaffeezeit, aber wen kümmert das schon.

Übrigens: Savana und Annos sind die Nachbarn von Samira und Santas. Und die vier sind sich auch schon nähergekommen, darum haben sie keine (oder wenigstens kaum, oder wenigstens nicht mehr sehr grosse) Berührungsängste voreinander. Und Kaffee machen in einer fremden Küche? Eben, da sich die vier in Vergangenheit ja wie gesagt auch schon nähergekommen sind, kennen sie eben auch ein bisschen die Küche. Warum denn die Küche? Ach, was sollen denn all diese Fragen zum Schluss. Sagen wir es so: Jede und jeder darf die Frage selber so beantworten, wie sie und er es für richtig hält (oder es für richtig halten möchte).

Ich? Ein Arschloch?

15.07.18, 21:04 **Uhr**

Hallo zusammen

Hier folgt mal der etwas andere Bericht über mich. Ich schreibe das mal nieder, damit es mal «gesagt» ist. Und das schreibe ich nicht aus einem Anfall von Tristesse, sondern dass nehme ich so wahr, spüre ich und dazu bin ich auch aus Erfahrungen im Umgang mit anderen gekommen.

Also, ich glaube, ich bin arrogant, verletzend, sarkastisch. Manchmal lebe ich das echt aus, manchmal hindert es mich. Glaub zurückgelassen werden teilweise verletzte Leute und Leute, die denken «dann leck mich doch am Arsch». Ist es nur meine Einbildung? Denk ich eben nicht. Und wenn nicht, wie sieht die Zukunft diesbezüglich aus. Ich, ein Arschloch. Daran muss ich mich noch gewöhnen. Tja, soviel zu meiner Selbsteinsicht.

Ehrlich gesagt, ziehe ich mich dann häufig zurück, respektive gehe in einem Gespräch nur soweit, wie ich denke, ich kann es gut überspielen, respektive schauspielern. Denn ich habe Angst, dass mein «wahres» Ich (ich weiss, ein bisschen ein doofes Wort, aber nennen wir es mal so) zum Vorschein kommt und ich dann quasi mich so zeige, wie ich eigentlich denke und auch handeln würde. Das ist dann natürlich nicht lustig, weil ich mich ausgeschlossen fühle, weil ich eben denke,

dass ich kaum eine Freundschaft aufbauen
kann, weil das bei der Arroganz und ja, auch
manchmal ein bisschen Menschenverachtung,
natürlich nicht gehen würde. Ich denke, Leute
reagieren unterschiedlich auf dies. Ganz
ehrliche Leute, denen man nichts vormachen
kann, würden dies dann natürlich offen
ansprechen. Andere vielleicht sind
diplomatischer, wollen es nicht wahrhaben
oder die Beziehung geht einfach nicht (oder
nie) so tief, dass es auffallen würde.

Natürlich weiss ich dafür auch grad keine
super Lösung. Vielleicht hilft die Einsicht schon
mal und vielleicht helfen Freundschaften eben
doch, wo ich dann eben von mir aus Menschen
treffe, wo ich mich selber überdenke, weil es
mir an ihnen und an der Vertiefung der
Freundschaft gelegen ist. Zudem weiss ich nicht
genau, inwieweit das bei mir diagnostizierte
Asperger-Syndrom da eine Rolle spielt. Aber
irgendwie kann das doch nicht die Erklärung
für meine Arroganz, Herabschauen auf andere
und teilweise menschenverachtende
Denkweise, Worte oder Handlungsweise sein.

Natürlich auch zu einfach ist es, wenn ich sage,
wenn das weg ist, bin ich der glücklichste
Mensch auf Erden, weil dann echte
Beziehungen möglich sind und ich mich auch
dazugehörig fühlen würde.

So viel dazu.

Bis bald.

thoughts on life

Shenzen: Wartete, wartete, wartete.

23.07.18, 22:31 Uhr

Shenzen sass am Ufer. Vor ihm Wasser. Blicken. Etwas rief ihn. Spürte er. Schon lange. Seit Geburt, oder vorher schon. Wusste er irgendwie. Rufen. Oder es war da. Bei ihm. Irgendwie. Ging niemanden etwas an. Seine Sache. Persönlich. Würde er vielleicht mit seiner Freundin teilen. Wenn seelenverwandt. Oder auch nicht. Oder auch mit niemandem. Darüber sprach er kaum. Nicht mehr. Die Welt, schwer für ihn. Das Rufen oder das Dasein von diesem Etwas blieb aber. Irgendwie lebte er nur dafür. Vielleicht war ihm das das Wichtigste. Und alle sonst gingen Reisen, machten Familie, bauten Häuschen. So n Scheiss. Konnte er nicht so richtig verstehen. Das, was ihn rief, da war, war doch viel tiefer. Wirklich wichtig und machte Sinn. Vielleicht später mal. Wenn die Welt vorbei war. Das Reisen, die Familie, die Häuschen, die scheiss Häuschengärten, die Zäune darum. Irgendwie zum Kotzen und so unwichtig. So untiefgehend. Warum wurden anscheinend einige Menschen glücklich mit Häuschen, Gärtchen, Kindchen, Rasenmäher, Zeitung vom Kiosk, Zigaretten, Montag, Dienstag, Mittwoch, Donnerstag, Freitag, dann Ausflug, irgendein scheiss Konzert geniessen, irgendwie scheiss lustig sein, am Montag davon erzählen, Pause, Znüni, Kaffee. Was für ihn irgendwie noch an dieses Rufen, das Dasein herankam, war der Sex. Irgendwie ging es auch hier um was Wesentliches, um die Tiefe und irgendeinen Sinn. Keine Arbeit. Nur Sein und ohne das Ganze Häuschenbauzeugs. Also, das Rufen, das Dasein und der Sex. Und sonst?

Sonst wartete er. Irgendwas hatte es mit
Sehnsucht zu tun. Vielleicht aber auch mit
Wissen, was er in sich wusste, spürte. Das ging
nicht einfach so vorbei.

**Wasser vor ihm. Er dachte. Oder nein, er wollte
nicht denken, er wollte das in sich spüren, was
da rief/oder da war. Was, das er nicht
beschreiben konnte. Und etwas, das man nicht
richtig einfangen konnte. Und das Wasser vor
ihm. Vor ihm. War. Blieb. Und er blieb
ebenfalls. Wartete. Wartete. Mal traurig, mal
pseudohormonglücklich, ab und zu richtig
glücklich, wenn er Tiefe in Beziehungen spürte.
Dann wieder traurig, traurig, traurig, traurig.
Wartete er. Und wusste aber schon immer, was
da war.**

Er könnte sich jetzt einfach fallenlassen und alles wäre vorbei.

29.07.18, 16:34 **Uhr**

Er sass da und wartete. Auf sie. Schon sein ganzes Leben wartete er auf sie. Seine Kollegen sagten ihm immer, doch diese öde Warterei aufzugeben. Sich dem Leben zu widmen und das Leben in vollen Zügen zu geniessen. Aber er konnte das irgendwie nicht. Obwohl er ja überhaupt keine Verpflichtungen irgendjemandem gegenüber hatte. Auch nicht gegenüber ihr. Aber er wartete. Weil er sie wollte. Weil er mit IHR zusammen sein wollte. Weil er sie lieben wollte. Und weil er unentwegt an sie dachte, obwohl er sie doch noch gar nicht kannte. Aber seine Hoffnung schwand nie und sein Glauben an sie und ihn war immer da. Dann überlegte er sich, das Warten doch aufzugeben und sich fallen zu lassen. In den Abgrund. Damit alles vorbei wäre. Denn neben dem Warten hatte er ja auch noch das ganz normale Leben. Und das setzte ihm so zu. Und jetzt könnte er sich einfach fallen lassen und das normale Leben wäre vorbei. Aber: Auch sie würde er nie kennenlernen. Seine ganze Hoffnung wäre auch dahin und er würde sie nie kennenlernen. Er würde sie nie kennenlernen. Nie. Und er wollte ihr doch seine ganze Liebe schenken. So fest.

Die Gesetze des Kapitalismus.
11.08.18, 09:23 Uhr

Manchmal denkt er, dass er auch wie die anderen Freude hier auf dieser Welt haben MUSS. So wie die anderen Freude am Sex, Freude an der Lust, Freude am Flirten, Freude am Draussen sitzen am Abend, Freude an einem guten Glas Wein, Freude am Zusammensein mit anderen Menschen und Kolleginnen und Kollegen, Freude am Geniessen, Freude an so vielen Dingen mehr. Freude am Leben.

Manchmal fällt es ihm echt schwer, Freude zu haben. Vielleicht will er es gar nicht. Vielleicht ist es ihm zu profan, diese Dinge hier und er möchte lieber, dass etwas Anderes kommt und etwas, dass nur er hat, nicht gemeinsames Teilen. Vielleicht möchte er auch einfach anders sein als die anderen. Vielleicht denkt er, um Dinge tief erleben zu können und die Dinge speziell empfinden zu können, sei Freude nur hinderlich. Weil Freude Freude ist und irgendwie immer einfach nur Freude. Irgendwie ohne grosse Nuancen, Freude ist einfach Freude. Vielleicht versucht er irgendwie in der Melancholie mehr Nuancen zu finden, tiefer zu erleben und wahrnehmen zu können und eher inspiriert zu werden oder was Neues zu entdecken. Vielleicht ist Freude auch ähnlich wie Verliebtsein. Verliebtsein ist nun einfach mal Verliebtsein. Sicher sehr schön, aber ob die grosse Tiefe in diesem Gefühl ist und ob man da drin neue Wege sieht und nicht nur die Oberfläche?

Ich denke, er sucht sich Menschen, mit denen ihn etwas Ähnliches verbindet, vielleicht ein bisschen wie eine Seelenverwandtschaft. Ansonsten ist es für ihn auch gut, mit sich selbst zu sein. Zumindest in guten Zeiten. Und vielleicht ist unsere westliche Welt mit ihrem Konsumsystem und den Gesetzen des Kapitalismus und des Geldes auch nicht förderlich, dass Menschen wie er zu wahren Werten und wahren Empfindungen kommen. Und dass sie aus dem vorherrschenden System ausbrechen können und zum Wahren finden können. Ich glaube, bevor man aber damit anfangen kann, muss man das aktuelle System kritisch hinterfragen und durchschauen. Dann ist man wohl bereit, mal in sich zu schauen, den anderen Menschen mit neuen Augen zu betrachten und zu wahren und "richtigen" Dingen zu kommen.

Du sollst dir kein Bildnis machen!

11.08.18, 20:28 Uhr

Das Leben ist da. Auch für ihn. Oder hat er sich bereits ganz früh entschieden, das Leben zu verweigern? Wohlgemerkt, dieses Leben. Denn seine Sehnsucht ist so gross. So unendlich gross. Er ist auf der Suche. Irgendwie die ganze Zeit. Aber nach was genau?

Nach einem Leben, wo er sich zutiefst geborgen fühlt. Natürlich. Aber auch irgendwie nach einem anderen Lebensentwurf als er hier gängig ist. Klar, eine Beziehung, Kinder, Familie, Arbeit, die einen erfühlt, kann schon wünschenswert sein. Aber ehrlich, das kann es doch nicht gewesen sein. Einige stossen in ihrer Suche auf die Religion, auf Gott. Aber irgendwie ist ihm dieser Gott, diese Religion (oft von Menschen gemacht) zu profan, zu menschlich, zu sehr von Menschen für ihre Zwecke gebraucht und geformt. So sucht er irgendwie nach dem Ursprung. Und dabei sollte man, so findet er, alle gängigen «Lösungsvorschläge» mal beiseitelassen und selber danach suchen. Wobei er auch nicht weiss, ob er denn überhaupt will, dass seine Sehnsucht erfüllt wird. Denn was wäre dann, wenn die Erfüllung ihm nicht genügen würde. Dann hätte er nichts mehr. Die Sehnsucht wäre weg und keine neue Sehnsucht wäre da.

So weiss er nicht genau, ob diese Sehnsucht in ihm konstruiert wurde (durch seine religiöse Erziehung beispielsweise) oder ob sie wirklich

echt da ist. Natürlich wünscht er sich, dass sie
natürlicherweise da ist. Denn in erster Linie ist
er sich selbst und die Familie ist schlichtweg
sekundär. Es geht einfach mal um ihn und sein
Leben. Seine Eltern sind da, aber erstens hat er
sie nicht ausgewählt und zweitens dürfen sie
nicht ihn und sein Leben bestimmen. Denn er
lebt selbst. Seine Geschwister sind auch da und
sie sind wichtig für ihn. Aber auch hier geht es
primär um seinen Weg und seine Sehnsüchte
und sein innerstes Suchen. Ein Ort, wo nur er
Zugriff hat. Den nur er spürt, den nur er kann
ergreifen. Einfach sein Selbst. Das so intim, so
persönlich und so wichtig ist.

Also findet er, dass die (religiösen) Menschen
grosses Unrecht getan haben, indem sie Gott
beschrieben haben und ihn nach ihren
Vorstellungen gestaltet haben. Und dies
versuchen sie dann auch, anderen Menschen
aufzuoktroyieren. Ihre Ansicht. Ihr Bild. Das
kann einfach nicht sein, findet er. Verdammt!
Sogar in der Bibel steht ja, man soll sich kein
Bild(nis) von Gott machen. Aber das haben die
frommen Menschen getan und tun es immer
noch. Wer weiss es denn schon?

Vielleicht muss hier auch gesagt werden, dass
ihm sein Glauben oder was es auch immer
war, seine Sehnsucht, sein Ich-Sein, sein
eigenes Selbst, manchmal wirklich
abgesprochen wurde. Er wurde der Sünde
bezichtigt, er wurde bezichtigt, auf dem
falschen Weg zu sein, ja, sogar dem Satan
Zugeständnisse zu machen. Das hat ihn zutiefst
verunsichert, denn man muss hier sagen,
eigentlich fühlte er sich Gott immer nahe. Wie

auch immer dieser Gott ist und aussieht. Aber
das ist seine Sache. SEINE eigene Sache. Und
niemand darf ihn bezichtigen, auf dem falschen
Weg zu sein. Schon gar nicht Menschen, die ja
so menschlich sind. Schon gar nicht seine
Familie. Schon gar nicht seine Eltern. Schon gar
nicht eine verdammte aussenstehende Person.

So hofft er jetzt inständig, dass seine Sehnsucht
nicht konstruiert und sozialisiert ist, sondern
dass sie echt ist. Dann wäre er wirklich froh.
Denn es wäre in ihm selbst. Und das wäre ein
Grund zur Freude.

Thoughts on life ist am Wasser. Wieder mal.

13.08.18, 18:57 Uhr

Auch wenn er sich das vielleicht nicht eingestehen will, er ist doch ein religiöser Mensch. Aber wie geht das nun hier. Er würde dafür ausgelacht. Belächelt. So viele Dinge wären dann anders. Und er möchte verdammt nochmal beides, in der Welt leben und bei Gott sein. Das ist das grosse Dilemma. Schon immer wohl für ihn. Zu dumm, dass das sich nicht einfach auflösen lässt. Ach, wie soll das bloss gehen.

Er starrt hinaus. Aufs Wasser. Und irgendwie hofft er, da eine Inspiration zu erhalten. Das Wasser ist einfach da. Und es ist weder böse noch irgendwie gutmenschlich, weder falsch noch richtig, weder grottenhässlich noch wunderschön, noch denkt es irgendetwas, noch denkt es an Morgen, noch an die Zukunft, noch hat es Hass, auch nicht Liebe, noch verurteilt es, noch liebkost es. Es ist einfach da. Und das genügt ihm. Dem Wasser. Dem Meer. Alle Stürme, alle Menschen, die das Wasser, das Meer verschlungen hat, werden dem Meer zugeschrieben. Oder Gott. Oder irgendjemandem, der da sein Unwesen treibt. Höheren Mächten, was oder wem auch immer. Aber das Meer ist unschuldig. Es folgt nur seinen Gesetzen. Logisch oder auch nicht. Aber das Meer ist unschuldig. Niemand darf das Meer anklagen.

So sitzt er da am Ufer und denkt. Ja, ER denkt.
Er denkt an Morgen. An die Zukunft. ER fragt
sich, ob er gut oder böse sei. Er verurteilt. Er hat
Angst. Er kennt Hass. Er kennt die
Lebensstürme. Er kennt hässlich und er kennt
Schönheit. Er kennt den Gutmenschen und den
Bösewicht. Er teilt die Dinge, die Menschen und
die Welt in gut und schlecht ein. Schuldig und
unschuldig. Aber ER. Er ist bestimmt nicht
unschuldig. Wie das Meer. Er ist schuldig. Ob er
es will oder nicht. Wer lebt, macht sich
automatisch schuldig. Das ist keine Wertung,
einfach eine Feststellung.

Möchte er denn das Meer sein und kein
Mensch mehr? Keine Ahnung. Er ist nun mal
Mensch und nicht das Meer. Er möchte das
Meer auch lieber betrachten als es selber zu
sein. Möchte er mehr über das Meer wissen?
Ja, sicher. Offen dafür sein. Für das Meer. Für
die Natur. Will denn die Natur was sagen? Will
sie ihm was sagen? Nein, denkt er. Bestimmt
nicht. Denn die Natur will nichts rüberbringen.
Nichts aufoktroyieren und auch schon gar nicht
indoktrinieren. Verdammt, die Natur ist einfach
die Natur. Wie eben der Mensch der Mensch ist.
Und die Natur ist einfach da. Schlicht und
ergreifend. Sie hat weder etwas zu verstecken
noch muss sie sich ins Rampenlicht stellen. Sie
ist da. Auch wenn sie gepeinigt wird, ist sie
einfach da. Sie kann wohl nicht anders. Auch
wenn sie ausgebeutet wird, das Wasser, das
Meer ändert sich nicht. Es wird nicht aggressiv,
es bekommt nicht Hass. Es folgt einfach seinen
Naturgesetzen.

Aber zurück zu Gott und der Welt. Und seinem Problem, beides miteinander zu vereinen. Hat er sich denn schon mal überlegt, dass das irgendwie so was wie Zwangsgedanken sein könnten. Gedanken, die in ihm sind und ihn umtreiben. Die aber nicht zwangsläufig die Wahrheit sein müssen. Die in ihm sind, die ihn bestimmen. Aber die einfach verdammt nochmal nicht die alleinige Wahrheit sein müssen (sind). Vielleicht gibt es Menschen, die eher anfällig auf so Gedanken(konstrukte) sind, vielleicht sind es auch alle Menschen. Aber sie sind halt da und manchmal (oder sehr oft) hält man sie einfach für wahr und sie bestimmen so krass das Leben. Auch bei ihm. Aber wie da rauskommen?

Er schaut auf den Stein neben ihm, auf die Felsen. Der Stein ist auch einfach da. Die Felsen sind auch einfach da. Das ganze gut und schlecht. Integriert, zugehörig, nicht integriert, nicht zugehörig, laut, leise, engagiert oder nicht, das alles fällt dahin. Vielleicht sollte er sich das mal zu Herzen nehmen. Mal die menschlichen Konstrukte weglassen. Mal ein bisschen Natur sein. Mal bei der Natur sein. Denn ja, sie kann einen Freund/eine Freundin für den Menschen sein. Auch wenn die Natur wohl im Menschen keinen Freund sieht. Denn sie ist ja einfach nur da. Aber er könnte sich doch, zumindest mal einbilden, dass die Natur sein Freund/seine Freundin ist. Oder etwa nicht?

thoughts on life: auf der Suche nach sich, nach der Welt, nach Gott, nach Lösungen, aber auch nach so viel mehr, das er (noch) nicht kennt

Todesangst und warum ich mich so schuldig fühle.

<u>18.08.18, 19:19</u> Uhr

Todesangst. Die kannte ich sehr gut früher in meiner Kindheit vor dem Einschlafen. Und kürzlich auf einer Wanderung hatte ich wieder echt Todesangst. Doch dazu später. Jetzt zu der Frage nach meinem Schuldigfühlen.

Warum ich mich schuldig fühle? Die kurze Antwort darauf lautet: Ich weiss es nicht.

Ich weiss aber, DASS ich mich so oft in meinem Leben schuldig fühle. Wenn es jemandem schlecht geht, wenn jemand aufgebracht ist, wenn jemand schlecht drauf ist, wenn jemand ernst mit mir spricht. Dann denke ich, dass ich einen Fehler gemacht habe, dass es dieser Person so geht. Wenn z.B. meine Eltern mich freundlich ansprachen und mich lobten für etwas oder einfach positiv gegenüber mir eingestellt waren und es ihnen zusammen, oder meiner Mutter oder meinem Vater gutging, dann hatte ich das Gefühl, das was ich mache oder gemacht habe ist gut. Auch, wenn ich grad jemandem umgebracht hätte. Die Stimmung meiner Eltern ist gut, sie sind mir positiv eingestellt, also ist auch das, was ich mache gut. So die einfache Gleichung. Wenn es meinen Eltern nicht gutging, sie mich vielleicht für etwas kritisierten oder etwas nicht gutfanden, dann dachte ich gleich, alles, was ich mache oder gemacht habe, sei schlecht oder nicht gut. Und ich gab mir auch die Schuld, dass es ihnen nicht gut ging. Zumindest fühlte ich

mich einfach schuldig, wenn es ihnen nicht gut
ging.

So ist das heute auch oft in meinem Leben. Ich
fühle mich schuldig und habe Angst. Angst,
etwas falsch gemacht zu haben, irgendeine
latente Angst. Und die Angst und das
Schuldigfühlen ist natürlich mit mir als Person
gekoppelt. Im Endeffekt stelle ich mich als
Person infrage. Vor allem der Gedanke, dass
ich ein schlechter Mensch bin, treibt mich oft um
und macht mich alles andere als gelassen.
Früher in meiner Kindheit hatte ich mal ein
Buch über den Untergang der «Titanic» in den
Händen, weil mich das Thema interessierte.
Und da las ich, dass es einige Passagiere gab,
die sich ins Rettungsboot drängelten. Andere
wiederum liessen anderen den Vortritt. Damals
hatte ich eine Riesenangst, dass ich in einer
ähnlichen Situation zu denjenigen gehören
würde, die sich vordrängelten und demzufolge
«schlechte» Menschen seien. (Klar kann man
jetzt sagen, vordrängeln ist in einer solchen
Situation nicht ganz unnormal, und man ist
deswegen noch lange kein «schlechter»
Mensch. Aber das hilft mir sehr wenig, weil ich
natürlich anders handeln möchte). Diese Angst,
dass ich in Notsituationen (oder auch sonst)
sehr egoistisch handeln würde (und dann das
wahre Selbst von mir zum Vorschein kommen
würde) hat mich lange begleitet (jetzt ist diese
Angst ein bisschen in den Hintergrund getreten.
Ich würde aber nicht sagen, dass die Angst
deswegen aufgelöst oder weg ist. Irgendwie
ist sie immer noch da, verbunden mit der Angst,
ein «schlechter» Mensch zu sein).

Wie gesagt weiss ich auch nicht, wovor diese
Angst, ein schlechter Mensch zu sein und etwas
falsch gemacht zu haben kommt. Ich weiss
aber, dass ich eigentlich gerade ein «guter»
Mensch sein möchte und mir mein Verhalten
gegenüber anderen grundsätzlich nicht egal ist.

Und manchmal habe ich einfach nur Angst, und
ich weiss gar nicht genau, wovor eigentlich.
Vielleicht vor dem Leben. Letztens war ich mit
einer guten Kollegin wandern und ich hatte an
einigen Stellen echt Todesangst. Klar, die
Stellen waren teilweise schon in dem Sinne
gefährlich, dass man sich keinen Fehltritt
erlauben konnte. Aber eine Riesenangst kann
bei mir auch schon aufkommen, wenn ich nur
einen mächtigen Berg betrachte. Dass diese
Angst nicht unbedingt normal ist, habe ich auch
daran gemerkt, dass meine Kollegin diese
Stellen sogar noch genossen (!) hat und dort
noch Fotos gemacht hat. Und ich war völlig
durch mit den Nerven. Ich habe auch gemerkt,
dass sie das Leben teilweise auch von einer
anderen Seite her sieht. Sie hatte sicher auch
körperliche Ermüdungen und Müdigkeit
während der Wanderung, aber das hielt sie
nicht davon ab, alles zu geniessen. Während
dem ich eher auf Überlebensmodus eingestellt
war. Also alles andere als frei und fröhlich in
der Natur.

Diese Ängste beschäftigen mich schon ziemlich
und ich glaube, ich könnte das Leben echt
geniessen, wären die nicht da. Denn es gibt
wohl eine Angst (so sagen es zumindest die
Psycholog*innen), die als Schutzfunktion und
Gefahrenhinweis dient. Aber die Ängste, die ich

hier beschrieben haben, sind für mich eigentlich vor allem negativ und hinderlich für mich und meine Entwicklung.

Der Kampf um seine Freiräume. Die Gesellschaft kann ganz unverschämt sein.

20.08.18, 21:11 Uhr

Wenn er so über sein Leben nachdenkt, und über die Vergangenheit, dann muss er sagen, vielleicht macht es doch mehr Sinn, als er gedacht hatte. Also die lange Zeit, wo er kämpfen musste (muss), um seinen Platz zu finden. Vielleicht ist er ein Spätzünder im Allgemeinen und vielleicht geht er halt bei Prozessen, die bei anderen viel schneller gehen, mehr in die Tiefe, hinterfragt mehr, zweifelt mehr, und braucht allgemein mehr Zeit, um alles zu verarbeiten und dann weiterzugehen. Vielleicht denkt er anders als die «anderen», vielleicht will er gar nicht, dass alles so schnell geht.

Und ja, jetzt im Rückblick kann er sagen, dass es ihm oft nicht gut ging. Dass er das sagen darf. Dass es dafür keinen objektiven Massstab braucht. Denn immerhin hat das ihn so stark beeinflusst und beeinträchtigt, dass er Mühe hatte (hat), ins Leben zu finden. Und vielleicht braucht nicht jede und jeder gleichviel, dass sie/er sagen kann, dass es ihr/ihm nicht gut geht. Er denkt, dass es jemandem sicher dann nicht gut geht, wenn dies sein Leben nachhaltig und wesentlich beeinträchtigt. Verdammt, dann ist es wohl egal, ob die Eltern sagen, dir geht es doch gut, tue doch nicht so, oder die Gesellschaft das nicht als Hinderungsgrund

wahrnimmt, oder er selber denkt, dass es ihm
doch eigentlich schon gut geht und er sich doch
einfach zusammenreissen muss.

Er ist am Lernen, dass er sich Freiräume
nehmen darf und muss, wenn es ihm zu viel
wird oder wenn es ihm nicht so gut geht. Dass
er nicht alles einfach aushalten und
durchstehen muss, weil man das halt so macht
und weil man ja nicht so tun solle, sondern die
anderen müssen ja auch mal was aushalten
und können auch nicht einfach so mal raus aus
allem oder sich eine Zeit für sich nehmen. Was
auch immer. Aber ich denke echt, dass
(manchmal) das Wohl des Menschen und seine
wichtigen und notwendigen Bedürfnisse
wichtiger sind als das System, als die
Erwartungen der Gesellschaft, als das
Funktionieren des Betriebs, der Unternehmung,
als das perfekte, routinemässige Ablaufen des
Tages.

Es hat lange gedauert, bis er überhaupt daran
gedacht hat, dass es legitim und in Ordnung ist,
sich auch mal seine Freiräume zu nehmen. Über
30 Jahre lang. Krass, wie stark die Eltern, die
Gesellschaft, die Mitmenschen und das
«System» die Vorstellungen eines Menschen,
was er darf und was nicht, was legitim ist und
was nicht, formen, bestimmen und beeinflussen
können.

Hoffnung auf und Glaube daran.

24.08.18, 21:25 Uhr

Man sagt, in der Stille und der Ruhe liege vieles verborgen, dass man sonst vielleicht nicht sieht. «Man» sagt auch sonst recht vieles. Manches halbwegs gescheit, manches nur sehr dumm. Vielleicht sollte man viel weniger sagen und vielmehr leben.

Er sitzt da und schaut aufs Wasser, aufs Meer. Man könnte schon sagen, dass das einer seiner Lieblingsorte ist. Und ja, es ist still. Abgesehen vom Branden der Wellen, von der Natur, die an diesem Ort lebt.

Als er wieder zu sich kommt, merkt er, dass er wohl eine ganze Weile geschlafen haben musste.

Zeitwechsel Vergangenheitsform

Aber hatte er wirklich geschlafen? Er dachte darüber nach und kam zum Schluss, dass es auch gut sein konnte, dass es sich wie Schlaf anfühlte, es aber in Wirklichkeit kein Schlaf war, sondern einfach die völlige Entspanntheit, Naturverbundenheit, Selbstverbundenheit, Einheit mit sich selbst und Zufriedenheit, die er (und die Menschen im allgemeinen) nicht mehr kannte(n), und was zu einem Zustand führte, wo er (und die Menschen) ganz bei sich

war(en) und sich geborgen fühlte(n) und das
sich dann eben wie Schlaf anfühlte (da er und
die Menschen nichts vergleichbareres mehr
kannten).

Er dachte dann über sich und seine Zukunft
nach. Aber irgendwie nicht lange. Denn schon
bald wollte er einfach nur im Moment da sein
und im Moment leben und sein. Und einfach als
Mensch da sein und sich spüren. Wahrnehmen,
dass es ihm gutging, dass er sich geborgen
fühlte und war, dass er richtig war, so wie er
war (diese Erkenntnis «richtig, so wie er war»
war für ihn sehr bedeutungsvoll und wichtig),
dass er leben durfte, dass er eine
Daseinsberechtigung hatte, die ihm niemand
absprechen konnte und durfte, dass er der
Welt auch einiges gab (auch, wenn er das
manchmal nicht richtig glauben konnte), dass
er noch mehr in seine «Bestimmung»
hineinfinden werde (ok, das war jetzt Zukunft,
nicht Gegenwart. Aber es war für ihn wichtig,
dies zu wissen, damit er sich selbst in der
Gegenwart hoffnungsvoll und zuversichtlich
fühlen konnte) und dass er nicht alles verkackt
hatte.

Dann machte er sich auf und liess die Küste und
das Meer hinter sich. Und wusste, dass er auf
dieser Welt eine Daseinsberechtigung hatte
(nur schon alleine, weil er geboren wurde und
weil er eben war) und dass er zuerst einmal
sich selbst war und bei sich selbst sein durfte
(oder sogar musste) und dann kamen erst die
«Verpflichtungen», die er (oder man)
gegenüber anderen Menschen (z.B. gegenüber

der Familie oder Verwandten) sogenannt hatte(n).

Zeitwechsel Präsens

Von all diesem, was gerade beschrieben wurde, träumt er. Und da er der Ansicht ist, dass Träume nicht nur Schäume sein müssen oder sind, hat er die Hoffnung (oder sogar die Überzeugung), dass «all dieses» erfüllt, zumindest teilweise, stückweise, stetig. Oder: Zumindest anfängt, sich zu erfüllen und vor allem, dass die Hoffnung darauf und der Glaube daran bei ihm bleibt und er vieles zuerst «im Geiste» sieht, was dann Realität wird.

Es sollte vorrangig immer um den Menschen gehen. Sollte.

24.08.18, 18:23 **Uhr**

In meiner Familie ist die Norm recht wichtig. Wenn ich ein Geldproblem hatte (habe), wird zuerst gefragt, warum, wie ist es so weit gekommen. Ja, du kannst Geld haben, aber nur, wenn du eine Budgetberatung machst. Tönt logisch und einleuchtend, oder? Aber es ist doch eine Norm der Gesellschaft, die zu diesem Denken führt und die Einhaltung von Werten der Gesellschaft höher gewichtet als den Menschen und die vorrangige Zuwendung gegenüber dem Menschen, dem Menschsein. Klar, für viele mag dieses Denken richtig sein, notwendig, was auch immer. Aber es ist ein Wert der westlichen Gesellschaft, dass das Einhalten des Budgets über dem Menschen eigentlich steht und schon fast selber eine Eigenständigkeit hat. Wenn mir jemand sagt, das ist halt so, oder wie würde es denn anders funktionieren, dann sage ich, nein, es MUSS nicht so sein, unser westliches Wirtschaftssystem und unsere Werte von Arbeit, Pflichtbewusstsein, Höflichkeit, Gutbürgertum, etc. sind überhaupt nicht als sakrosankt zu bezeichnen. Schon gar nicht sind sie gottgegeben und einfach per so richtig und unabdingbar.

Denn neben einer offenbar wachsenden Wirtschaft und einem grossen Wohlstand gibt es so viele Menschen, die psychisch krank werden (chronisch oder auch nur vorübergehend), dass man unsere Werte, die durch die Wirtschaft definiert werden, nicht einfach als unabdingbar bezeichnen kann. Denn der Mensch wird meines Erachtens einfach krank, wenn die Wirtschaft und ihre Werte über den Menschen gestellt werden. Wenn der Mensch nicht als ursprünglicher Mensch behandelt wird. Wann wird denn schon echt gefragt, was der Mensch eigentlich brauchen würde, dass es ihm gut geht, was diese Dinge wären? Sehr selten. Oder dann eben in der Therapie. Aber eigentlich sollten diese Fragen gesamtgesellschaftlich gestellt werden und nicht nur von Therapeuten, die dafür bezahlt werden.

Man kann sich schon fragen, wohin unsere westliche Gesellschaft hinsteuert, wenn der Mensch nicht mehr im Mittelpunkt steht, sondern die Wirtschaft und die penible Einhaltung von Werten, die durch die Erfüllung von allerhand Pflichten definiert sind. Und da kann man sich auch fragen, ob sie eben sogar schon die Pflichten verwirtschaftet und von menschlichen echten Bedürfnissen wegbewegt.

So gesehen mag wohl die Einhaltung von gesellschaftlichen Normen in unserer Familie für die meisten oder für viele als normal gelten. Aber normal ist ja immer, was in einer Gesellschaft an Werten und Erwartungen vorherrscht. Und deshalb muss es ja nicht automatisch gut und richtig sein. So gesehen ist diese strenge Einhaltung von Normen (die an erster Stelle, vor dem Menschen kommt) bei weitem NICHT normal.

Kochen für Anfänger: Man nehme eine klitzekleine Prise Vergleichen und heraus kommt ein schöner Verunsicherungs-Identitätskrise-Auflauf. Gerne servieren mit einer bittersüssen (äh, bitterbösen) depressiven Verstimmung. Oder auch gleich mit Salzsäure garnieren.

26.08.18, 21:16 Uhr

Die Verunsicherung ist da, um dich zu verunsichern. Logisch. Sie kann klein sein oder ganz gross. Sie kann dich angenehm behelligen oder dich völlig lähmen.

Falls sie dich richtiggehend lähmt, kannst du in eine depressionsartige Stimmungslage kommen und dich in Frage stellen. Und nicht nur ein bisschen. Sondern gleich hart auf hart. Und natürlich sind dann alle anderen Menschen (oder gerade die Person, mit der du dich vergleichst) viel schöner, intelligenter, sozialer, besser, aktiver, glücklicher und so weiter. Das Dumme daran ist nur, dass du weder die Person, mit der du dich vergleichst, hundertprozentig kennst und das noch

Dümmere ist wohl, dass du dich kaum richtig
kennst, wenn du dich so von einer anderen
Person verunsichern lässt. Oder dich falsch
kennst. Auch dumm.

Bei mir gibts (dummerweise) immer wieder so
Personen, mit denen ich mich vergleiche. Und
dummerweise sind es leider tiefgehende Dinge,
die ich vergleiche, wo es mich dann ziemlich
schmerzt, wenn ich das Gefühl habe, ich habe
das nicht, was die andere Person hat (und
denke, dann bin ich einfach anstatt ein Rolls-
Royce ein klappriges Secondhand-Vehikel,
oder anstatt eine besondere schöne Blume bin
ich ein langweiliges, biederes Löwenzahn). Und
dann werde ich verunsichert. Nicht in dem, was
ich essen soll oder anziehen soll (das vielleicht
manchmal auch), sondern ich werde in meiner
Person zutiefst verunsichert. Und da ich, genau,
dummerweise, immer noch auf der Suche nach
mir selbst bin und noch nicht wirklich gefestigt
in meiner Person, bin ich doch ziemlich anfällig
für all die Rolls-Royces und schönen,
besonderen Blumen, die da draussen an mir
vorbeiziehen oder nebenan am Gedeihen und
am Wachsen sind. Und wohlgemerkt, es sind
nicht so protzige Rolls-Royces, die nur so vor
Geldgehabe strotzen. Denn dann würde ich sie
kaum eines Blickes würdigen. Nein, es sind
sanfte, besonders sensible, ganz besonders
liebevolle und soziale, menschenzugewandte
und doch ganz eigene Rolls-Royces mit einer
ganz einnehmenden Ausstrahlung. Und es sind
gute Rolls-Royces. Also alles, was ICH eigentlich
haben oder sein möchte. Nur (dummerweise)
sehe ich das bei mir nicht so und sehe mich als
langweiliger, biederer Löwenzahn, der weder
inspirierend noch was Besonderes ist und

schon gar nicht daran ist, die Welt zu
entdecken.

So gesehen kann eben die Verunsicherung
ziemlich stark eine kleine oder mittlere
Identitätskrise auslösen. Immer mal wieder
und dazu kann es sehr schnell und sehr
plötzlich kommen. Meistens geschieht das
durch Vergleichen, obwohl vergleichen aus
meiner Sicht auch wichtig ist. Aber wenn der
Vergleich subjektiviert ist, kann er eben schnell
zu tiefer Verunsicherung führen.

Vielleicht magst du nun sagen, aber es reicht
doch, wenn du ganz «normal» bist, eben ein
guter Löwenzahn, oder ein sympathisches
Secondhand-Vehikel, du bist einfach dich und
das genügt. Tja, und was ist, wenn mir das
nicht genügt, und ich was Besonderes sein
möchte und in mir drin nach dem suche. Dann
genügt es mir eben nicht, Löwenzahn zu sein
oder irgendwas Secondhand haftes. Dieser
Ratschlag ist für mich zu kurz gedacht und mir
würde es glaub eher helfen, wenn man sich
(anstatt Ratschläge zu geben) mit mir auf die
Suche nach dem Besonderen (in mir) machen
würde und mich eher in diese Richtung
unterstützen würde (zumindest schon mal mit
der Haltung und weiterführenden Worten).
Denn man darf doch besonders sein, oder etwa
nicht?

Sind wir Geistwesen? Eine deftige Kritik an den reinen Materialisten.

27.08.18, 14:10 Uhr

Ich lese gerade ein Buch, das unter anderem aufzeigt, dass der Materialismus (also das Beschränken der Welt auf das rein physisch erfassbare) das Geistige verdrängt hat. Und diese Entwicklung ein Weg in eine Sackgasse ist. Natürlich mögen viele per se das Geistige leugnen und ganz am Physischen, sogenannt «messbaren» festhalten. Falls der Mensch neben einem Körper (was wohl alle bejahen werden), neben der Seele (was glaub auch viele Menschen mit Ja beantworten würden) auch einen Geist hat, dann ist er ein Geistwesen, sprich er hat Zugang zu anderen Geistwesen, die aber nicht sichtbar sind (und deshalb auch von vielen als nicht existent angesehen werden). Jedoch ist offensichtlich, dass die Menschen sich schon immer mit dem Unsichtbaren beschäftigt haben, dies in der Kunst, in Literatur, in Musik, wo auch immer verarbeitet haben oder es miteingeflossen ist. Von dem her ist es eher gewagter, diese unsichtbare geistige Welt zu leugnen, als sie als Möglichkeit in Betracht zu ziehen.

Nun, falls man an die Existenz von geistigen Wesen glaubt oder sogar in Kontakt mit ihnen ist/steht, was genau hat das zu bedeuten (oder was hat das zu bezwecken). Also falls man die geistige Welt bejaht, dann macht auch die These Sinn, dass der Mensch selber ein Geisteswesen ist (also einen Geist hat), und mit

der geistigen Welt und mit den geistigen
Wesen darin kommunizieren kann (falls es
nämlich keine geistige Welt geben würde,
dann würde man wohl auch verneinen müssen,
dass der Mensch einen Geist besitzt. Denn
dieser würde dann eigentlich gar nicht
gebraucht oder könnte schon gar nicht
existieren). Die Existenz eines Geistes und einer
geistigen Welt eröffnet dann definitiv eine
neue Eigenschaft des Menschen. Sie löst ihn
vom reinen Materialismus und macht aus ihm
zudem ein Geistwesen, das dann vielmehr ist,
als nur ein Körper und (möglicherweise noch
eine Seele). Der Mensch wäre einfach extrem
beschränkt ohne Geist. Nimmt man weitere
Geistwesen (als den Menschen) an, die
unsichtbar leben, dann kann der Mensch (im
Geist) mit diesen Wesen kommunizieren. Sie
können ihm Hilfe geben und Dinge aufzeigen,
die nur unsichtbar gesehen werden können
(also nur mit dem Geist).

Im Buch, dass ich am Lesen bin, wird
aufgezeigt, dass es böse sowie gute
Geistwesen gibt. Die Autorin geht davon aus,
dass böse Geistwesen, die sich in uns
zeigen/gezeigt haben, umgewandelt werden
können ins ursprüngliche, reine und gute
Geistwesen. Sie geht davon aus, dass die
bösen Geistwesen in sich selbst gefangen sind
und ohne Hilfe sich nicht selbst helfen können
und zur Umwandlung die Hilfe von aussen
(von Menschen beispielsweise) brauchen.

Vielleicht kann man sich einige (oder viele
Probleme), die man fühlt, in sich hat (sie aber
nicht klar benennen kann und nicht weiss,

woher sie kommen) eher erklären, wenn man
davon ausgeht, dass Probleme auch (oder oft)
ihren Ursprung in der geistigen Welt, der
sogenannt unsichtbaren Welt haben. Falls man
die geistige Welt, wo das Problem entstanden
ist und herkommt, negiert, steht man
logischerweise persönlich vor einem Rätsel und
natürlich vor einem Problem. Denn das (in der
geistigen Welt entstandene) Problem besteht
natürlich weiterhin (es wirkt sich auf die
physische Welt aus und hat Auswirkungen auf
Körper, Verhalten gegenüber anderen, Worten,
Krankheiten, etc.), aber die betreffende Person
hat keinen Zugang zur Lösung (da das Problem
nicht physisch, sondern nur auf der geistigen
Ebene gelöst werden kann).

*Die obigen Ausführungen basieren auf dem
Buch «Soziale Kunst, Innere und weltliche
Zusammenhänge des Sozialen» von Maria
Hölzer, erschienen beim Flensburger Hefte
Verlag, 2011.*

Das wahre ICH.

28.08.18, 18:42 Uhr

Er steht da und er spürt einen heiligen Moment, oder das dieser grad, bald, sehr bald, sehr sehr bald oder doch sicher sehr zeitnah kommen würde. Also nicht so eine Heiligkeit, die man sich im religiösen Sinne vorstellt, in der kirchlichen Vorstellung oder so ähnlich. Nein, mehr sanft, für ihn ganz wohltuend, entspannt und er musste sich nicht irgendwie dafür verstellen oder schneller atmen oder was auch immer. Vielleicht ist heilig dafür auch nicht grad der beste Begriff. Einfach so ähnlich. Oder vielleicht ein wichtiger Moment, ein tiefer Moment.

Er denkt, dass er eigentlich bereit wäre für diesen Moment, wo er endlich durchdringt und mehr sieht, als er bisher sah. Sich spüren kann und leben kann (lebt), wie er ist. Gemäss seinem «Innersten», wie man so schön sagt, seinem wahren Innersten. Und möglicherweise ist das dann eben gar nicht anstrengend, weil es das «Richtige» ist, das, was eigentlich ganz zu ihm passt. Und wenn er nicht danach lebt, ist es für ihn anstrengend, weil es ihn überfordert oder nicht passend zu ihm ist.

Er bleibt in dieser Welt, wo er sich grad drin befindet, wo er auf dem Weg ist, sich selbst zu finden, zu sich zu kommen, bei sich anzukommen. Und dann? Ja, dann gilt es ja, dann gemäss sich selbst zu leben. Also leben nicht im Sinne von einem Pflichtenheft, das erfüllt werden muss, sondern er kann dann

anders denken. Sein Ich wurde nicht durch das
jetzige System geboren oder so, nein, das Ich
ist völlig unabhängig vom Materialismus, vom
aktuellen System. Natürlich «muss» es in
diesem System leben, aber es muss nicht
danach denken, fühlen und sein Leben nicht
danach ganz gestalten und ausrichten. Das
wahre Ich steht über jedem System, der
Mensch steht über jedem System.

Er wird still und lässt sich darauf ein, zu spüren,
wo sein Ich ist, was es möchte, was es
ausdrücken möchte, wie es ist, wie es
aufgebaut ist und wie es die Dinge sieht.

*Gedanken basieren auf dem Buch «Soziale
Kunst» von Maria Hölzer (2011), S. 155-158,
Kapitel: Der Engel des Tröstens.*

164 Blogposts: Mir gehts schlecht. 1 Blogpost: Mir gehts gut. Das ist er.

31.08.18, 12:03 Uhr

Habe ich schon mal darüber geschrieben, dass es mir gut geht? Hm, in 164 bis jetzt gemachten Blogposts wohl kaum jemals. Haha. Aber ich habe nicht nur Probleme in meinem Leben (auch wenn man das aufgrund der Posts vielleicht glauben möchte/mag). Deshalb ist jetzt nach eben 164 Problem-Blogposts, und einem guten halben Jahr mit Bloggen, doch mal die Zeit gekommen für einen Mir-gehts-gut-Blogartikel.

Also: Mir gehts gut. Ja, tatsächlich. Die letzten Tage und die letzte Zeit gehts mir ziemlich gut. Warum?

-Weil ich gute Freunde habe.
Man mags glauben oder nicht, aber es ist so. Zu einigen Menschen habe ich wirklich sehr gute Freundschaften, die ich immer mehr geniesse. Ja, diese Freundschaften werden erst dann wirklich gut oder «cool», wenn man sie auch geniessen kann und überhaupt merkt, dass es eine gute Freundschaft ist.

-Weil ich langsam erwachsen(er) werde.
Also man sagt ja, man solle immer Kind bleiben (zumindest im Inneren) und blablabla. Aber natürlich soll man nicht kindlich bleiben. Also wenn man später nicht ohne die Mutterbrust

leben kann oder eigene Herausforderungen nicht ohne seine Familie, etc. lösen kann, dann ist man in dieser Beziehung wohl ein bisschen im Kindesalter stecken geblieben (dieser Satz soll neutral aufgefasst werden, ohne Bewertung, einfach als «Tatsache»). Ich selber habe gemerkt, dass das bei mir wohl zu einem Teil der Fall war, zumindest innerlich. Und es stimmt mich zuversichtlich, dass sich das noch ziemlich ändern wird, da ich bereits erste positive Anzeichen in diese Richtung bei mir wahrnehme. Das Gefühl, das ich dann habe, ist: Du lebst in erster Linie für dich und du bist nicht an deine Familie gebunden (weder gedanklich, noch psychisch, noch sonst irgendwie). Du bist ihr auch überhaupt keine Rechenschaft schuldig. Und du bist nicht verpflichtet, dich als Teil deiner Familie zu fühlen, denn du hast DEIN eigenes Leben. Das ist wichtig.

-Gute Nachbarn.
Dort, wo ich zurzeit wohne, habe ich gute Nachbarn und das hilft sehr, sich wohlzufühlen.

-Es ist bald Herbst.
Ach, der Herbst! Meine definitive Lieblingsjahreszeit. Es ist MEINE Stimmung und wenn es einem psychisch gut geht, dann kann man/ich den Herbst richtig geniessen. Alles ist nicht mehr so grell wie im Sommer, eine gewisse Melancholie schwebt mit, die Luft ist irgendwie ganz anders als z.B. im Sommer. Ich finde, im Herbst kann man die Luft viel mehr «riechen» und sie ist mehr mit verschiedenen Düften von der Natur gefüllt. Die Blätter werden bunt, man schwitzt nicht mehr so krass,

die Sonne blendet nicht so extrem und
allgemein wird es ein bisschen ruhiger.

So, das waren mal ein paar Gedankenfetzen
dazu, dass es mir gut geht. Und jetzt geschieht
schon fast historisches. Gleich wird nämlich
dieser Mir-gehts-gut-Post veröffentlicht.
Achtung...Jetzt! Geschehen. Done!

Gedanke Nr. 2
31.08.18, 13:59 Uhr

Ich werde zurückgeben, was ich bekommen habe. Sobald ich selbst genug Liebe habe.

Gedanke Nr. 4
01.09.18, 12:48 **Uhr**

So hart es klingen mag, ich entscheide mich, mich nicht (mehr) vom Schicksal anderer vereinnahmen zu lassen.

Ich wurde nicht dazu geboren. Und auch nicht, mich um sie zu kümmern.

#geborenumzuleben

Auf der Insel.
21.09.18, 21:17 **Uhr**

In der Mitte ist eine Insel. Er kommt aus dem Wasser. Lange hat er gebraucht, um diese Insel zu erreichen. Darauf gibt es erstmal nicht viel zu sehen. Bis er merkt, dass die Insel da ist, damit er sich selbst entdecken kann und herausfinden kann, wer er ist und wohin er gehen möchte. Um auf die Insel zu kommen, musste er zuerst Haie und andere Gefahren überwinden. Jetzt hier auf der Insel ist es aber ruhig und er ist in Sicherheit, um Zeit zu haben, sich selbst zu finden.

Denn er hat es ziemlich nötig.

Auf der Insel merkt er, dass er sein Leben anderen Menschen angepasst hat. Ja, er hat sich jemand ausgesucht und dann versucht, deren Leben zu leben. Und das ist kein Witz. Manchmal hat er sogar (unbewusst) Redewendungen oder gebräuchliche Wörter in seinen Wortschatz aufgenommen. Und warum sucht er sich andere Menschen aus, die er sein möchte? Weil er das Gefühl hat, diese Menschen oder genau diese Person hat genau das, was er sein möchte. Schaut er dann sich an, dann findet er einfach, die andere Person ist so viel mehr das, was er sein möchte. Auf den Punkt gebracht: Er hat ein Problem mit sich selber, dass er nicht der ist, den er gerne sein möchte.

Er denkt auf der Insel, dass wohl auch er was Besonderes ist. Nur wie da Zugang finden dazu?

Er beobachtet das Wasser, die Wellen und wünscht sich einfach, dass er sich annehmen kann. So wie er ist. Und nicht so wie er halt ist. Sondern, dass er merkt, dass er auch jemand ist. Ebenbürtig mit den anderen Menschen und mit den Personen, die er so besonders findet.

Er fragt sich, warum es nur so kompliziert ist oder sein muss, sich selbst anzunehmen und seinen eigenen Weg voll Selbstvertrauen zu gehen. Vielleicht sucht er auch nach zu viel oder sucht am falschen Ort. Keine Ahnung.

Die Nacht bricht herein und er sucht sich einen guten Platz auf der Insel, wo er sich hinlegen kann. Er findet einen Platz und legt sich hin. Die Natur um ihn herum beruhigt ihn und seine Gedanken und lässt in einschlafen.

Gedanke Nr. 7
03.09.18, 13:39 Uhr

Häufig/manchmal/immer ist Gott einfach die Projektion der menschlichen Bedürfnisse, Gefühle, Wünsche, Träume, Kämpfe, Lebensvorstellungen, etc. Das kann man gut oder schlecht finden. Aber man soll ehrlich sein und einen aus menschlichen Projektionen entstandenen Gott nicht als Seelenretter und Heilsbringer darstellen. Denn das kann er nicht, da er von Menschen gemacht wurde.

#gegenreligiösetäuschung

Wer definiert mich?

05.09.18, 18:39 Uhr

Manchmal bin ich niedergeschlagen, wenn Menschen etwas von mir, das ich mache, nicht gut finden. Es fällt mir dann schwer, an mir «festzuhalten» und von dem überzeugt zu sein, das ich mache. Das ist auch eine Art von Gefangenschaft oder Unfreiheit. Wenn man sich ständig über die Meinung von anderen definiert. Auf Dauer ist das natürlich ermüdend und nicht förderlich.

Zum Glück gibt es die Veränderung und wenn es die Veränderung nicht geben würde, würde es wohl auch die Hoffnung nicht geben. Denn vermehrt hält auch die Hoffnung bei mir Einzug. Die Hoffnung auf Veränderung. Die Hoffnung auf das Ausbrechen aus dieser Von-der-Meinung-anderer-abhängigen Gefangenschaft. Wenn jemand etwas, das ich mache oder auch mich, nicht gut findet, dann heisst das deshalb nicht, dass ich per se falsch liege. Nur, weil eine andere Person es anders einstuft als ich.

Für mich ist es eine Freiheit, die man hat, wenn man sich nicht über andere Menschen definiert. Manche mögen diese «Gefangenschaft» nicht wirklich kennen, für andere ist es ein Prozess, wo sie lernen, dass sie sich nicht per se über andere definieren sollen/müssen.

Mir tut gut, wenn...

05.09.18, 20:09 Uhr

-Mir tut gut, wenn ich inspirierende Zeitungsartikel lese (und hier meine ich insbesondere eine Wochenzeitung aus Deutschland), wo ich mich danach jeweils echt besser fühle und einfach meinem Denken Nahrung geben und auch meine Seele stärken kann.

-Mir tut gut, wenn ich mich mit guten Freunden (natürlich weiblich wie männlich gemeint) treffe und mit ihnen Zeit zusammen verbringe. Und besonders, wenn es eine wirklich tiefe Freundschaft ist.

-Mir tut gut, wenn es Herbst wird.

-Mir tut gut, wenn ich spüre, dass ich wirklich geboren bin, um frei zu sein. Und nicht, um in Zwängen zu leben.

-Mir tut gut, wenn ich bei jemandem zu Gast bin und ich dort gemütlich einen Kaffee trinken kann (da ich zuhause keinen Kaffee trinke).

-Mir tut gut, wenn ich glücklich bin und ich die Natur geniessen kann.

-Mir tut gut, wenn meine Seele ruhig wird und Hoffnung schöpft.

-Mir tut gut, wenn ich überzeugt werde, dass meine Ideen gut sind und ich einen Beitrag "in der Gesellschaft" leisten kann, der Menschen berührt oder sie inspiriert.

-Mir tut gut, wenn der Morgen anbricht.

-Mir tut gut, wenn die Angst verschwindet.

-Mir tut gut, wenn ich weiss, dass ich leben darf.

Gott ist irgendwie nur da, wenn es einem eh gut geht. Und sonst? Nee.

06.09.18, 15:36 Uhr

Gott ist irgendwie eh nie da, wenn man ihn denn wirklich bräuchte. Und wenn er da wäre, braucht man ihn nicht. Weil es einem gut geht.

Menschen kenne ich einige. Was ich über sie denke? Ich weiss nicht. Helfen können sie dir irgendwie nicht. Wenn es dir gut geht, dann findest du auch sie gut. Wenn es dir schlecht geht, dann sind sie auch irgendwie nicht die Medizin, die dir wirklich hilft. Oft denkt er, ist man einfach alleine, wenn es einem schlecht geht. Und genau in den Momenten hat man eben auch am wenigsten Lust, jemanden zu treffen oder sich in eine Selbsthilfegruppe zu schleppen.

Der Mond wird überbewertet, meint die Sonne. Der Mond hat es manchmal satt, immer nur von der Sonne angestrahlt zu werden, damit er leuchtet. Er möchte selber leuchten. Selbst. Selbst. Ein kleines Kind, dieser Mond. Oder aber: Sein Anliegen ist doch ganz verständlich. Wer möchte nicht selbst stark sein, ohne jemand anderen zur Hilfe zu gebrauchen.

Wenn ich beim Schuhbinden an sie denke, dann weiss ich, es ist Abend. Warum? Es ist einfach so. Denn sie hat auch noch diese Schuhe, die man binden muss. Und das bindet

die beiden schon fast magisch zusammen. Zwei
Exoten in dieser Welt, die ihre Schuhe noch
binden. Und das jeden Tag. Natürlich sind sie
nicht wegen der Schuhe zusammen. Das wären
falsche Fakten. Aber zusammen sind sie, das ist
wahres Fakt.

Es war einmal ein Geist, eine Seele und ein
Körper. Die beschlossen nicht eine WG
zusammen zu gründen, sondern hatten ein
grösseres Vorhaben. Die wollten sich
zusammen vereinen und einen Menschen
bilden. Leider hatten die drei auch ab und zu
kleinere oder grössere
Meinungsverschiedenheiten. Immer dann litt
dieser Mensch. Einmal war die
Meinungsverschiedenheit so gross, dass er
schnurstracks in die Psychiatrie eingeliefert
werden musste. Erst als die drei sich wieder
halbwegs miteinander vertrugen, konnte
dieser Mensch entlassen werden.

Der Zucker sagt zur Cola: «Weisst du eigentlich,
dass ich dich völlig im Griff habe? Denn ohne
mich könntest du keine Cola sein. Niemand
würde dich wollen». Darauf sagte die Cola zum
Zucker: «Aber vergiss nicht, ohne meinen
bekannten Namen würdest du nicht den Hauch
einer Chance haben, dich zu verbreiten. Du
würdest einfach nicht gebraucht werden».

Gedanke Nr. 10
07.09.18, 20:39 **Uhr**

Ich sah Gott und er war ganz anders, als alle Menschen ihn mir beschrieben hatten. Er kannte keine Bibel, noch den Koran. Er war auch keine Person und Jesus war nicht bei ihm. Ich sah, was kein Mensch je gesehen hatte. Die Individualität und das Loslassen. Wörter, die es hier auf dieser Welt nicht gibt. Nicht mal die Kunst, wie wir sie kennen, kannte er. Denn: Es war eine Welt für sich.

#gottistkeineperson

Niemand hat Gott gepachtet.

08.09.18, 21:36 Uhr

Ich komme in diesem Artikel zu einem Punkt, der mich stört an der Kirche und insbesondere auch an freikirchlichen Kreisen. Da ich aus diesem «Milieu» komme und darin aufgewachsen bin, kenne ich die «Szene» recht gut.

Mich stört, dass diese Kreise manchmal wirklich das Gefühl haben, Gott für sich gepachtet zu haben. Die Welt wird unterteilt in Gläubige (die bereits «drinnen» sind) und Nichtgläubige, die eben noch draussen sind, sprich gerettet werden müssen (um es mal in der religiösen Sprache zu sagen). Dabei ist Gott einfach viel mehr als die Bibel. Gott ist viel mehr als ein Dogma. Und niemand kann Gott für sich pachten. Ich frage mich manchmal wirklich, wie das Konzept vom «Retten» von Ungläubigen oder Nichtgläubigen entstanden ist. Man leitet das gewiss aus der Bibel ab. Nur denke ich gäbe es Gott auch ohne die Bibel (immer vorausgesetzt, man glaubt überhaupt an einen Gott. Ansonsten wäre die Diskussion hier schon elegant beendet). Ich nehme jetzt mal an, Gott gibt es, in welcher Form auch immer. Dann war Gott vor der Bibel, sprich die Bibel kann nicht ausschlaggebend sein, wie man Gott definiert. Und weiter: Es gibt einen Zugang zu Gott OHNE die Bibel. Und dieser Zugang denke ich, ist der, der eigentlich zählt. Ich stelle jetzt mal eine These auf (ein bisschen überspitzt). Nehmen wir an, jemand kennt Gott nicht, vor allem nicht die ganzen Dogmas, etc.

Es geht ihm gut. Bis jemand zu ihm kommt und
ihm sagt, dass er gerettet werden müsse, sonst
sei er verloren. Man sagt ihm, dass es den
Teufel gibt und der Teufel ständig versucht, den
Menschen vom rechten Weg abzubringen. Jetzt
bekommt dieser Mensch Angst, die er vorhin so
nicht hatte. Und diese Angst kann ihm natürlich
Gott nehmen. Und Gott, der befindet sich wo?
Ja, in der Kirche und in der Freikirche. Bewegt
man sich wieder ausserhalb der
Kirche/Freikirche ist man wieder stärker den
«Anfechtungen» ausgesetzt. So wird einen
gelehrt. Je nach Typ Mensch kann das schon
das Denken recht prägen.

Aber wenn ich Gott suchen will, dann eben auf
meine Art. Und dieser eigene Zugang führt
meiner Ansicht nach zu einer grösseren Tiefe.
Ohne all die Schemas, die ich natürlich aus dem
Effeff kenne. Mein Plädoyer ist, den Menschen
nicht als Gläubigen oder Ungläubigen zu
betrachten, sondern so, dass man von jedem
Menschen etwas lernen kann. Und auch tiefe
Dinge lernen kann. Auch in spiritueller Hinsicht.
Und diese Dinge sieht man wohl eher nicht so,
wenn man diesen Menschen einfach als
«Missionsobjekt» sieht. Denn wer kann schon
sagen, was die Wahrheit denn genau ist.

Ich habe mal ein Buch gelesen, wo die Autorin
die Auffassung vertritt, der Satz aus der Bibel,
dass am Anfang das Wort war müsse gelesen
werden als, dass am Anfang die Liebe war. Das
finde ich eine sehr schöne Annahme. Denn
wenn alles mit Liebe begann, die Liebe das
Fundament von allem ist, dann hat kein Dogma
dagegen eine Chance. Die Liebe kennt keine

Dogmas. Sie ist der Anwalt der Freiheit und sie sieht den Menschen als Unikat, nicht als gläubig oder ungläubig. Und vielleicht sollte man die Begriffe gläubig/ungläubig ganz allgemein abschaffen, also insbesondere auch im Denken. Hat das schon mal jemand ausprobiert? Wo könnte das hinführen, wenn man das ernsthaft umsetzen würde?

Entgegen der Gesellschaft leben. Wie macht man das?

12.09.18, 10:51 Uhr

Manchmal, wenn ich mich für meine Verhältnisse zu lange in der Stadt aufhalte, spüre ich sehr stark, wie es mich mitzieht, in die Stimmungsatmosphäre, die gerade herrscht. An einem Arbeitstag zum Beispiel sehe ich all die Leute, die scheinbar genau wissen, was sie wollen und wie sie das, was sie wollen, erreichen können und es auch verteidigen würden, wenn es ihnen jemand vorenthalten würde. Mit anderen Worten: Ich nehme ein starkes Selbstbewusstsein wahr (ob das nun tatsächlich vorhanden ist oder nicht, weiss ich nicht). Vielleicht ist es unabdingbar für die Arbeit, den «Job», dass man sich durchzusetzen vermag und sich hinstellt und seine Forderungen anbringen und durchsetzt. Aber mir macht das zu einem gewissen Grad auch Angst. Weil für mich dieses Selbstbewusste manchmal schon zu viel ist und das unter Umständen schon ausreicht, um mich einzuschüchtern. Denn: Ich habe dieses Selbstbewusstsein nicht. Ich habe nicht die «Fähigkeit», mich durchzusetzen, wenn mir etwas wichtig ist oder wenn ich etwas für mich erreichen möchte. Ich habe nicht das Selbstverständnis, dass dies einfach normal und unabdingbar ist in unserer Gesellschaft. Mir fehlt wohl beides: Der Wille dazu wie auch die Persönlichkeit dafür. In so Momenten fühle ich mich ziemlich anders als der Rest der Gesellschaft. Und nicht anders im Sinne von «Ach, macht ihr doch euer Ding, ich mache eben mein Ding, kein Problem». Nein, eher im Sinne von «Ich bin eingeschüchtert durch euer

Selbstbewusstsein und ich möchte eigentlich nicht anders sein als ihr. Ich möchte dazugehören».

Für mich ist es manchmal recht schwer, damit umzugehen, dass ein gewisses Durchsetzungsvermögen in der Gesellschaft offenbar gefragt ist oder sogar eine Voraussetzung ist, damit man "erfolgreich" sein Leben bestreiten kann. Oft fühle ich mich alleine mit meinem «Nichtdurchsetzungsvermögen» und meinem «Nichtselbstbewusstsein» und weiss nicht so recht, wie ich damit umgehen soll. Respektive wie ich diese «Andersartigkeit» handhaben soll. Sollte ich mich versuchen anzupassen, auch so durchsetzungsfähig werden? Sollte ich ganz bei mir bleiben und einfach so sein, wie ich bin (wie ich mich eben verhalte, etc.)? Sollte ich ein Mittelding anstreben, bisschen mich bleiben, bisschen der Gesellschaft anpassen? Und wie mit dem Druck umgehen, der von der Gesellschaft ausgeht auf mich als kleines Persönchen? Nehme ich die Gesellschaft zu einseitig wahr? Wie ist die Gesellschaft wirklich? Besteht sie aus meinen Projektionen oder nehme ich sie objektiv richtig wahr? Und was eben, wenn man entgegen der Hauptströmung der Gesellschaft leben will (oder muss, nicht anders kann, etc.)? Wie macht man das?

Ja, wie macht man das, wenn man entgegen der Gesellschaft leben möchte? Das ist glaub die grosse Frage, die sich mir und für mich stellt.

Gedanke Nr. 12
14.09.18, 17:10 **Uhr**

Liebe Leute, ich bin grad mich selbst am Finden.
Dann schreib ich glaub ein Buch.

#ichGlaubIchSchreibDannMalEinBuch

Weil ich der Gesellschaft treu sein will, vögle ich eben herum.

20.09.18, 13:45 Uhr

Es tönt ziemlich einleuchtend, eigentlich, man trifft immer wieder andere Menschen, geniesst es und dann geht man wieder weiter. Alles gut. Man liebt sich und niemand soll dabei irgendwie verletzt werden. Ja, dann ist es toll und man lernt vieles kennen und sammelt Erfahrungen.

Vielleicht sollte man sich aber auch mal mit dem Motiv beschäftigen, warum man das macht. Eben: Auf Deutsch gesagt, sich so schön durch die Welt oder die Stadt vögelt. Hält es dich davon ab, wirklich zu dir zu kommen und dich selbst zu entdecken? Machst du es, weil es «alle», dein Umfeld, deine Kollegen und Freunde auch machen? Machst du es einfach so, hast dir noch gar nie überlegt, warum eigentlich, ergibt sich halt so?

Bei allen Bettgeschichten finde ich es wichtig, sich nicht selbst aus den Augen zu verlieren. Und sich zumindest mal zu überlegen, wie man selbst SEIN Leben gestalten möchte. Sich seinen Weg sozusagen nicht von der Gesellschaft aufdrängen zu lassen und das zu tun, was die anderen auch machen (jedenfalls, wie man so hört). Sich zu fragen, was will eigentlich ich, was passt zu mir. Und ich denke, wenn man sich selbst ist, kann man auch glücklich werden und irgendwie zu dem Menschen finden, in

dem man sich selbst auch am wohlsten fühlt.
Und jeder ist ziemlich verschieden. Was für den
einen/die eine gilt, muss nicht auch für den
anderen/die andere gelten.

Also, wie vögeln, mit wem, mit wie vielen, nur
mit jemandem, offene Beziehung ist die eigene
Entscheidung. Man sollte einfach das finden,
was zu einem selbst passt (oder was man
selbst will). Aber: Definitiv nicht die
Gesellschaft darüber entscheiden lassen.

Du warst so nett.

21.09.18, 18:20 **Uhr**

Du warst so freundlich.

So nett.

Du hast mich angelacht.

Warum nur...

...warst du so nett?

...warst du so freundlich?

Du wolltest am Schluss vom Abend sogar noch zusammen bis zur Kreuzung laufen.

In dieser Welt erstaunt mich so viel offen gezeigte Freundlichkeit.

So viel Lächeln.

So viel Offenheit und auf den anderen zugehen.

Denn ich bin mir eher gewöhnt, dass abgewartet wird.

Ja nichts falsch machen.

Ja kein Lächeln zu viel.

Sich zuerst mal verschliessen.

Ja, der andere könnte ja ein Feind sein.

So zumindest könnte man es von aussen annehmen.

Obwohl es sicher gute Gründe für so
abwartendes Verhalten gibt.

Doch wieder zurück zum Abend.

Er war schön.

Auch dank dir.

Dank deinem Lachen.

Und deiner Offenheit.

Wie Liebe ein Abhängigkeitsverhältnis schaffen kann.

22.09.18, 08:47 Uhr

Hallo zusammen

Hier folgt nun gleich noch ein zweiter Artikel zu einem persönlichen Thema. Obwohl man ja sagt, dass zu viele Posts nacheinander der Lesequote abträglich sind (also zumindest meiner Meinung nach). Aber wie dem auch sei.

Über meine Eltern habe ich ja schon in anderen Artikeln geschrieben. Hier soll es um einen Punkt gehen, der mir in letzter Zeit aufgefallen ist. Ich spreche ihnen nicht ihre Liebe zu mir ab, die sicher gross sein mag (abgesehen davon, dass ich ja nicht in sie hineinschauen kann) und sie haben mir ihre Liebe eigentlich auch (immer) zu spüren gegeben. So komisch es für manche vielleicht klingen mag, aber ich wünsche mir zurzeit vor allem die Liebe von Kollegen, Freunden und meinem Peer-Umfeld. Vielleicht, weil ich das in meiner Kindheit nicht so hatte und die Liebe eben nur von meinen Eltern hatte. Und das zu einem Zeitpunkt, wo die meisten anderen sich ihren Peers zuwendeten. Jetzt habe ich das Gefühl, es ist zwar schön, wenn mir meine Eltern schreiben, wie lieb sie mich haben, etc., aber sie können einfach nicht für sich beanspruchen, dass sie meine (einzige) Liebesquelle sind. Und davon möchte ich mich zurzeit abgrenzen. Denn niemand kann den Anspruch haben, die einzige Liebesquelle für einen Menschen zu sein. Das kann auch eine ungesunde Abhängigkeit sein/geben. So gesehen kann eben sogar die Liebe ihre negativen Ausprägungen haben, wie wohl die meisten Dinge zwei Seiten haben können.

Also, vielleicht kennen das andere auch, vielleicht auch eher nicht. Jedenfalls kann es zum Teil auch schwierig sein, sich von dieser Liebe «abzugrenzen». Denn wer kann schon was gegen Liebe sagen. Da ist man schnell mit Argumenten am Ende. Das wäre fast so, wie wenn man von jemandem gefragt wird, ob er/sie den Kaffee bezahlen darf und man lehnt ab (oder so ähnlich).

So, das waren kurz ein paar Worte zu diesem Thema.

Bis bald.

Gedanke Nr. 14
22.09.18, 12:18 Uhr

Enge deine Träume nicht durch das ein, was dir deiner Ansicht zur Realisierung dieser Träume fehlt, sondern träume frei und offen und dann ergibt sich vielleicht auch ein Weg und deine Fähigkeiten entpuppen sich als viel stärker als von dir angenommen.

#träumeDEINENTraum

Gott, das Paradies und die Geschichte von der Affenfalle.

23.09.18, 11:02 Uhr

Hallo zusammen

In diesem Beitrag geht es um einige Gedanken von mir zum Thema Gott und Paradies/Himmel. Wieder mal. Aber einige neue Dinge, die mir bewusst wurden/werden.

Ich schaue grad viel Videos von ehemaligen Zeugen Jehovas, also von Aussteigern aus dieser Sekte. Ich habe ja auch einen recht religiösen Hintergrund, jetzt nicht in einer Sekte, aber ich kann mich natürlich mit vielen Dingen, die diese Aussteiger erzählen, ziemlich gut identifizieren und ihre Gedanken gut nachvollziehen. So helfen mir diese Videos sehr dabei, mich ebenfalls von alten Gedanken(gängen) zu lösen und mich in die Welt hineinzubegeben. Und vor allem: Mich endlich mal zu spüren und mich selbst wahrzunehmen.

Ein sehr guter Kanal auf YouTube ist z.B. derjenige von Birgit und Stefan Kluge aus Deutschland, die vor einigen Jahren bei den Zeugen Jehovas ausgestiegen sind. Neben ihren beiden Lebensgeschichten zeigt Birgit sehr anschaulich die Abläufe bei den Zeugen auf, gespickt mit persönlichen Erlebnissen.

Nehmen wir doch gleich Gott. Birgit Kluge beschreibt ihre frühere Beziehung zu Gott als sehr schön und sie hat ihn als liebevollen Gott, etc. wahrgenommen (u.a. auch, weil sie nach ihren eigenen Angaben sehr kreativ war, und in der Bibel auf die liebevollen Aussagen über Gott fokussiert hat). Nach dem Ausstieg wollte sie diese Beziehung zu Gott behalten. Sie dachte auch, das funktioniere. Aber es funktionierte nicht. Sie gebrauchte nun ihren Verstand und untersuchte die Bibel gesamtheitlich. Und da kam sie nicht über die Gottesgewalt im Alten Testament hinweg und musste sich eingestehen, dass Gott gemäss der Bibel bei weitem nicht einfach so liebevoll ist, wie er von den Zeugen dargestellt ist. Deshalb verabschiedete sie sich von diesem Gott.

Was sie machte, ist eigentlich das Normale und logische. Nämlich ihren Verstand einsetzen und anhand von diesem die Dinge prüfen. Ich kenne es selber, dass einem gesagt wird, du musst aufpassen, was du liest und mit welchen Dingen du dich umgibst. Und einige Dinge musst du einfach glauben. Die sind nicht überprüfbar. Es kann dann auch gut vorkommen, dass ein Glaubenssatz einfach so mal existiert. Z.B. eben, Gott ist liebevoll. Das steht dann fest und alles andere wird daran angepasst. Z.B. wird dann eben gesagt, dass das Alte Testament zwar blutrünstig sei, aber mit dem Neuen Testament eben alles anders wurde, weil eben der Gottessohn auf die Erde kam. Es erklärt aber nicht, warum denn nun der Gott des Alten und der Gott des Neuen Testaments der gleiche sein soll, wo er doch so anders beschrieben wird. Viele Dinge werden dann einfach so interpretiert oder ausgelegt, dass sie ins «richtige» Schema reinpassen. Weiter kenne ich persönlich, dass man ein sehr grosses Misstrauen gegenüber den eigenen Gefühlen, den eigenen Gedanken und den eigenen Wünschen und Empfindungen hat. Diese können dich eben sehr schnell verführen.

Wie weit das alles in mir drin ist, merke ich sehr stark. Es braucht echt Zeit, Dinge zu erkennen und zu sehen, dass man Glaubenssätze in sich hat, die man angenommen hat, ohne dass sie einem belegt wurden. Man nahm sie an, weil sie einem eingetrichtert wurden.

Ich selber war auch sehr stark auf Gott ausgerichtet. Ich wollte eine so besondere Beziehung zu ihm wie nur möglich. Die besonderste Beziehung auf diesem Planeten. Und ich fühlte mich als besonders, weil ich dachte, Gott sieht mich besonders. Das Problem dabei ist eben nur, dass es immer Gott dazu braucht, damit du besonders bist oder dich als besonders betrachtest. Das kann ein ziemlicher Fallstrick sein und ich weiss nicht, was das auch bei Kindern für schädliche Vorstellungen und Gedankengänge auslöst. Ich glaube, man muss schlichtweg Gott (einmal) weglassen, um sich auf SICH selbst fokussieren zu können. Und dann sieht man so vieles, was man sonst nicht sehen würde.

Und ja, eigentlich hätte es mir ja total gut gehen müssen. Denn Gott war ja da. Gings mir aber nicht. Und das kann auch eine Falle sein, dass man denkt, Gott wird schon alles richten, ein kurzes Gebetchen und es kommt gut. Und dabei vergisst oder gar nie lernt, selbst zu handeln und selbst Dinge zu tun. Einfach alles wird auf Gott bezogen, was passiert, was nicht passiert, wies einem geht, was man denkt, etc. Und eben: Dabei verliert man die anderen gängigen Konzepte, die diese Dinge erklären und dafür verantwortlich sind.

Ein weiterer Punkt ist das Paradies (bei den Zeugen Jehovas), resp. der Himmel (bei den Christen). Birgit Kluge erzählt dazu eine schöne Geschichte. Sie heisst «Die Affenfalle». (PS: Ich konnte nirgends die Autorin/den Autoren dieser Geschichte ausfindig machen. Deshalb fehlt hier diese Angabe).

Seit Generationen bedient man sich bei den Affenfängern eines einfachen, offensichtlich narrensicheren Tricks, um ihre Beute zu erwischen. Die Affenfänger nehmen eine ausgehöhlte Kokosnuss, bohren ein Loch in die Mitte und versehen es mit einem scharfen Rand. Dann legen sie eine sperrige Süssigkeit in die Nuss, befestigen die Kokosnuss auf der Erde und warten darauf, dass ein Affe vorbeikommt.

Über kurz oder lang taucht ein Opfer auf. Der Affe greift in die Kokosnuss und packt die Süssigkeit. Doch sobald er versucht, seine Hand mit der Süssigkeit herauszuziehen, muss er feststellen, dass das Loch nicht groß genug für die geschlossene Hand ist und der scharfe Rand zu tief einschneidet. Der Affe ist gefangen.

Natürlich müsste der Affe nur die Süssigkeit
loslassen, um sich zu befreien. Aber er weigert
sich, das aufzugeben, wonach ihn gelüstet.
Statt davonzulaufen, sitzt er stundenlang da,
kocht vor Wut und hämmert auf die Nuss ein.
Er versucht alles, nur eines nicht: loslassen.

Bis schließlich die Jäger kommen und ihn
häuten.

Birgit vergleicht diese Süssigkeit mit dem
Paradies oder der Idee vom Paradies, das/die
sie loslassen musste und losgelassen hat.
Meine Sichtweise ist hier, dass die Idee vom
Paradies oder vom Himmel losgelassen
werden muss, damit man/ich mein Leben finde
und nicht gefangen auf dieser Erde verharre.

Ich kann hier noch hinzufügen, dass Gott
teilweise noch ziemlich präsent ist in meinem
Leben in dem Sinne, dass ich ihn manchmal fast
wie eine Person sehe, die mich einfach auf
Schritt und Tritt verfolgt. Gott sieht dich ja
überall. Und der Reflex, «das muss jetzt von
Gott gewesen sein» ist noch da. Aber mich
nervt das mit der Zeit immer mehr. Denn man
möchte ja auch mal seine Privatsphäre haben:-
). Ich weiss nicht, ob ich jetzt Gott wirklich im
Schlafzimmer dabeihaben möchte. Aber da er
ja sehr liebevoll ist, können wir doch auch zu
dritt kuscheln. Je nachdem ein FFM oder MMF
(je nachdem ob Gott jetzt weiblich oder
männlich ist). Ihr mögt mir diesen kurzen
satirischen oder ironischen Einschub verzeihen.

Abschliessend zu diesen Gedanken und der
Geschichte von der Affenfalle denke ich, dass
man manchmal wirklich etwas loslassen muss,
um Neues zu sehen/zu entdecken. Und für mich
bedeutet das, die Religion loszulassen, damit
ich als Mensch leben kann und mich als Mensch
entdecken kann.

Bis dann.

Wo es mich so hinzieht. So ungefähr.

27.09.18, 21:09 Uhr

Ich beschäftige mich momentan ein bisschen mit mir selber (haha, wer meine Beiträge liest, der/die kann das wohl schon bald nicht mehr hören; aber anyway). Also nicht so verkrampft. Aber ich möchte spüren, wohin es mich zieht. Und es zieht mich definitiv nicht in die Oberflächlichkeit. Denn meiner Ansicht nach ist das der Tod für neue Gedanken und für das Aufleben des Menschen. Jeder braucht ja mal Erholung, wird dann gesagt. Hm, bin mir nicht mehr so sicher, wie zutreffend dieser Satz ist (wenn man sich dann mit eigentlich inhaltslosen Dingen beschäftigt/oder beschäftigen lässt).

Ich glaube, mich zieht es momentan zu Menschen und dahin, zu erkunden und erfahren, was denn eigentlich echtes Menschsein ist/sein soll. Ich entdecke zurzeit für mich Gefühle der Zugehörigkeit zu anderen Menschen, sowas wie Liebe (ja, nicht jeder saugt diese Gefühle gleich mit der Muttermilch auf), die anderen annehmen und mich mit ihnen ehrlich auszutauschen.

Mich zieht es auch dorthin, wo es gute, inspirierende Gedanken und Menschen gibt, die Freude am Arbeiten haben, aber arbeiten jetzt mehr im Sinne von sich mit etwas Inhaltsvollem, Kreativem, sich richtig Anfühlendem, Inspirierendem und vorwärts Gerichtetem beschäftigen.

Ich glaube, im Endeffekt bringt es nichts, wenn man sich selber etwas vormacht oder vorzumachen versucht. Etwas, das man selber gar nicht ist. Manchmal finde ich es schwierig herauszufinden, ob es richtig und angebracht ist, etwas an sich zu verbessern/zu verändern oder ob das dann schon ein Zwang in eine Rolle ist, die man eigentlich gar nicht ist. Vielleicht sollte man viel mehr wirklich den Mut zur Radikalität haben. Warum will man sich denn in einem Punkt verbessern? Vielleicht auch nur, weil man sich noch zu wenig gut kennt. Sonst würde man sich selbst nicht so schnell preisgeben.

I möchti wieder bi dir si.

(Bärndütsch)
30.09.18, 18:28 Uhr

Du bisch mi Ängel.
Will i di so liebä.
Und bini alleini, bisch du immer i minä Gedanke.
Ni bisch du us mim Herz dusse.
Ni wirdi di Name vergesse.
Ni wirdi dis Härz vergesse.
Ou nid dini Huut.
Di Gruch.
Dis Atme.
Dis Lache.
Dini Gedanke.
Dini Stimm.
Dis Wese.
Dini Schönheit.
Di Gang.
Dini Schrift.
Dini Ouge.
Dini Nase.
Dis Muul.
Dini Ohre.
Dini Haar.

Dis ganze Gsicht.

Danke, dass i di ha dörfe kenne.

I möchti wieder bi dir si.

Europe goes Pärchenbildung.

03.10.18, 07:22 **Uhr**

Manchmal habe ich das Gefühl, dass an so Abenden, wo man mit Freunden zusammen ist, zusammen isst, etc. die Pärchen recht gut merkt. Entweder erzählt man sich, wie man sich gefunden hat oder redet von seiner «besseren Hälfte» die eben heute zuhause bleiben musste, nicht kommen konnte oder man erzählt von den nächsten Ferien, die man zusammen planen will.

Irgendwie ist das natürlich schön und die meisten reden wohl gerne über diese Themen. Aber es kann dann eben auch sein, dass man den Eindruck hat, die Paarleute an dem Abend sind irgendwie gebunden (was sie ja eigentlich auch sind) und die ganze Stimmung und die Atmosphäre wäre ohne diese Pärchenbindungen (die im Hintergrund über dem Abend hängt) anders, man könnte entspannter und offener sein.

Ich plädiere jetzt ja nicht unbedingt, dass dann am späten Abend vor lauter entspannter und offener Atmosphäre alle miteinander ins Bett hüpfen. Aber manchmal frage ich mich wirklich, ob dieses Pärchending (zu dem offenbar der Mensch sehr stark tendiert) schon der Weisheit letzter Schluss ist.

Irgendwie ist der Gedanke schön, dass wir eigentlich alle Menschen zusammen vereint sind (wären/sein sollten; was auch immer). Ich bin mir nicht mehr sicher, ob es der Buddhismus ist, der das propagiert oder eine andere Denkrichtung. Aber ich könnte mir durchaus vorstellen, dass die Tiefe, das Fühlen von Verbundenheit und das «Ankommen» extrem wären, wenn man wirklich mit der ganzen Menschheit innerlich tief verbunden wäre. Dann eben in dem Stil, wie mit einem Partner/einer Partnerin.

Vielleicht hat sich das ganze Pärchending in (West)europa einfach so brutal individualisiert, dass es für mich manchmal ein stranges Mass angenommen hat. Denn dass sich Pärchen teilweise so stark absetzen und "abgrenzen" und sich nur noch um sich kümmern hat teilweise schon etwas von Komik. Und ich denke, dass es sicher zum Teil auch kulturell bedingt ist. In anderen Kulturen leben die Familien ja teilweise viel enger zusammen oder fühlen sich viel mehr verbunden. Da sind dann auch die Pärchen stärker in den Familienverbund eingebunden, also in die Gemeinschaft sozusagen. Wahrscheinlich sind beide Konzepte nicht das Gelbe vom Ei. Aber ob die individualisierte Gesellschaft in Europa wirklich immer so die Gemeinschaft fördert?

Gedanke Nr. 16

03.10.18, 08:06 **Uhr**

Don't look back in anger.

Oasis

#saidbyOasis

Pluto und der Göttervater.

15.10.18, 19:42 Uhr

Pluto spricht:

«Wie wäre ich, wenn ich das Böse in mir nicht hätte? Ja, nennen wir es einfach mal das Böse. Wie wäre ich, wenn die Menschen keine Angst vor mir haben müssten? Und ja, erfahrungsgemäss teilweise wirklich berechtigte Angst. Wie wäre ich als Mensch? Wie würden die Menschen anders auf mich zu gehen? Wie würden meine Beziehungen aussehen? Wie würde ich anders fühlen? Anders denken? Wie würde es meiner Psyche gehen?»

Der Göttervater, der Weise und Starke, antwortet:

«Besser, Pluto, es würde dir viel besser gehen. Deine Beziehungen? Würden echt sein. Würden wachsen und stark und kräftig werden. Sie würden heilend sein und nicht Menschen verletzen. Sie würden wunderbar sein».

Pluto:

«Göttervater, und wie verschwindet denn das Böse in mir?»

Der Göttervater:

«Pluto, das Böse in dir verschwindet umso mehr, desto besser du die Anderen mit Liebe behandeln kannst und behandelst. Es verschwindet auch, wie mehr du Liebe von anderen empfangen kannst und diese Liebe auch spüren und fühlen kannst. Dadurch wirst du einen ganz anderen Zugang zu den Menschen haben. Und zu deinen Liebsten, die du doch eigentlich gernhaben und lieben möchtest. Oder?»

Pluto:

«Ja, Göttervater, das möchte ich. Aber Göttervater, wann beginnt denn das alles?»

Der Göttervater:

«Wann das alles beginnt? Du meinst, wann das Böse in dir verschwinden wird? Es hat schon begonnen, Pluto. Und es schreitet ständig voran. Das Böse in dir verschwindet immer mehr».

Pluto:

«Und dann? Also ich meine, was geschieht dann, wenn das Böse weg ist?»

Der Göttervater:

«Dann wirst du dich so sehen, wie du wirklich bist, Pluto. Sozusagen dein wahres Ich, dein wahres Selbst entdecken. Denn das wird dann umso klarer zum Vorschein kommen. Und ich meine das im guten Sinne».

Pluto:

«Danke, Göttervater für deine Ausführungen! Und, äh, mögest du ewig leben!»

Der Göttervater:

«Gern geschehen, Pluto. Und danke für deinen guten Wunsch. Hier vielleicht nur der klitzekleine Hinweis für dich: Ich lebe ja eh schon ewig. Aber wie dem auch sei, ich verstehe deinen Dank zu würdigen».

Schwarz. Schwärzer. Meine Seele.

03.11.18, 20:41 Uhr

Meine Seele ist schwarz.
Mein Geist schwach.
Mein Körper müde.
Meine Angst übermächtig.
Meine Furcht so gross.
Das Leben so klein.
Der Tod so nahe.
Die Hoffnung so winzig.
Die Kontrolle weg.
Die Füsse, sie gehorchen nicht mehr.
Die Augen, sie flackern.

Der Weg, den ich gehe, ist manchmal so schwer. Viele Stunden, die voller seelischer Schmerzen sind. Denn ja, meine Seele leidet. Ich habe nicht das Bein gebrochen, oder den Fuss verstaucht. Nein, ich habe eine unsichtbare Verletzung. Meine Seele ist gebrochen und verstaucht.

duUNDich (für dich ist fix, das wird nix!)

18.11.18, 18:30 Uhr

Vor so einem, zwei Jahren:

In meinen Gedanken bin ich mit dir verbunden. Wenn ich in der Nacht träume, dann träume ich, dass wir zusammen sind.

In der Realität verabscheust du mich.

Du hasst mich. Nie wird es was zwischen uns.

Ich denke mir, die Träume sind zum Träumen da. Und die Realität ist dazu da, die Träume kaputt zu machen.

Hassen kann ich nicht im Träumen. Das ist für die Realität bestimmt.

In meinen Träumen liebst du mich, bist du ganz sanft mit mir und kennst mein Herz. Im echten Leben kennst du mich nicht.

Auch nicht mein Herz.

Letztens:

Letztens habe ich dich getroffen. Aus meinen Träumen bist du kurz aufgeflackert:

In der Realität.

Kennt ihr auch Tätigkeiten, die ihr früher gemacht habt, die ihr dann aber aufgegeben habt, weil ihr euch als zu schlecht darin gesehen habt? Hier einige Beispiele aus meinem früheren Leben.

26.11.18, 17:05 Uhr

Hallo zusammen

Hier mal wieder etwas Persönliches von mir.

Ich bin grade das Buch «Der Weg des Künstlers. Ein spiritueller Pfad zur Aktivierung unserer Kreativität» von Julia Cameron am Lesen.

Und dabei habe ich mir mal kurz die Aufgabe gestellt, zu überlegen, welche Tätigkeiten ich früher gerne gemacht habe/oder gemacht hätte und wo ich gescheitert bin und sie dann aufgegeben habe.

Hier mal die Liste dieser Tätigkeiten:
-Klavier spielen:
Da habe ich eine Zeitlang Unterricht

genommen, es dann aber sein lassen, weil es
irgendwie nicht zum Erfolg führte.

-Singen:
Ich habe mal irgendwo für ein Solo
vorgesungen, aber dann den Einsatz verpasst
und ich war zu schnell oder zu langsam. Auch
da hat es nicht gepasst, also habe ich seitdem
Erlebnis nie mehr für ein Solo vorgesungen.

-Tanzen:
Ich mag es vielleicht nicht zugeben, aber ich
tanze gerne (oder würde gerne tanzen). Auch
da hatte ich prägende Erlebnisse, wo ich bei
Tanzkursen (oder eher Crashkursen)
gescheitert bin und es seitdem gelassen habe.

-Theater spielen:
Früher in der der unteren Schule hatten wir
regelmässig Theateraufführungen Ende des
Jahres und da machte ich begeistert mit.
Jedoch später fand ich mich als zu wenig gut
und auch zu schüchtern fürs Theater. Zudem
wollte ich einmal zu einem Casting für ein
Projekt gehen, bin dann aber am falschen Ort
ausgestiegen und habe das Casting verpasst.
Seitdem lasse ich das Theaterspielen.

-Fotografieren:
Auch das habe ich früher gemacht und eine
eigene Kamera gehabt. Weil ich jedoch mit den
Ergebnissen regelmässig unzufrieden war,
habe ich es irgendwann frustriert sein
gelassen.

-Modeln/Posieren:
Auch das mache ich grundsätzlich gern (oder
würde es gerne machen). Auch das habe ich
sein gelassen, weil ich mich nicht für fotogen
eingestuft habe und es für mich «immer»
scheisse rauskam (auf Deutsch gesagt).

-Filmen:
Auch das habe ich früher mal ausprobiert und
das reizt mich sehr. Auch hier war ich mit dem
Ergebnis so unzufrieden, dass ich es seitdem
sein gelassen habe.

Nachdem ich diese Liste gemacht hatte, habe
ich ziemlich erstaunt festgestellt, dass ich bei all
diesen Tätigkeiten ein frustrierendes Erlebnis
(oder mehrere) hatte, nach dem (nach denen)
ich die Tätigkeit eingestellt habe. Obwohl sie
mir Spass machen würde und ich sie toll finde.

Zweitens ist mir aufgefallen, dass alle diese
Tätigkeiten irgendwie sehr stark miteinander
verwandt sind, indem Sinne, dass es bei allen
darum geht, etwas (oder sich) darzustellen und
kreativ tätig zu sein, sich (oder sonst etwas)
auszudrücken.

Ich will jetzt nicht sagen, dass ich jetzt allen
Orten Talent habe, aber es ist für mich schon
ziemlich frappant, dass ich bei allen Orten
einfach aufgegeben habe und es dann
gelassen habe, in der Annahme, dass ich dafür
zu wenig gut bin.

Jetzt werde ich mal schauen, ob ich vielleicht einen anderen Zugang zu diesen Tätigkeiten bekomme und es nochmals versuchen werde. Diesmal vielleicht halt einfach auf meine Art. Und nicht auf die Art, wie es «vorgeschrieben» ist, oder wie es richtig ist, oder wie man es korrekt machen sollte, oder wie es alle anderen offenbar machen.

Soviel dazu.

Liebe Grüsse

thoughts on life

Gedanke Nr. 17
26.11.18, 18:00

Anstatt Jesus auf den Strassen zu verkündigen, gehe raus und erzähle den Leuten, was dich glücklich macht im Leben.

#erzählewasdichglücklichmacht

Bereits ein Jahr lang
ergiesse ich mich auf
wordpress.com. WordPress
scheints zu gefallen. Hab
nichts anderes gehört.

07.12.18, 08:42 Uhr

Heute vor genau einem Jahr habe ich meinen
Blog gestartet (Anmerkung: Den Blog gibt es
mittlerweile nicht mehr). Zu Beginn war ich
immer etwas nervös vor einem Blogpost und
habe geschaut, dass auch jedes Komma
möglichst am richtigen Ort sitzt. In der letzten
Zeit bin ich da ein bisschen nachsichtiger mit
mir geworden. Ich will nicht gerade sagen,
dass falsche Grammatik sowie Rechtschreibe-
und Kommafehler Kunst sind, aber zumindest
sollten sie nicht wichtiger als der Inhalt
sein/werden.

Bezüglich Inhalt hatte ich beim Blogstart eher
die Idee, über gesellschaftliche Themen und
autobiografisch über mich zu schreiben.
Mittlerweile nimmt auch die Poesie immer
mehr Raum in meinem Blog ein. Auch deshalb,
weil ich gemerkt habe, dass es mir mehr Spass
macht, mich in poetischen Ergüssen
auszudrücken, als einen gut recherchierten
Artikel über ein gesellschaftliches Thema zu
schreiben, wo schon einige Zeit draufgeht, sich
über das Thema zu informieren, so dass das
Gesagte zumindest halbwegs Hand und Fuss
hat.

Und hier für euch noch der Titel des mit
Abstand meistangesehenen Artikels auf
meinem Blog:

«Wie soll ich ficken, wenn mich niemand will»
vom 25.04.18 *(Zu finden in meinem Buch thoughts
on life, Band 2).*

Adventliche und vorweihnachtliche Grüsse

thoughts on life

Duuuuuuuuuuuuuuu!!! Was denkst du grad?

08.12.18, 17:32 Uhr

Du hast mich berührt, als ich nicht mehr an mich glaubte.

Nicht mehr ans Leben.

Als ich auch nicht mehr an uns glaubte, da hast du mir Worte gesagt, die ich hier nicht wiedergeben kann. Denn sie sind in mir drin und ich will sie in mir drin behalten.

Und als ich uns eben aufgegeben habe, da hat unsere Beziehung erst richtig gestartet.

Ich habe dich mit meinem Tiefsten gesehen.

Denn du hast zu meinem Tiefsten gesprochen.

Ich habe das Licht der Liebe erblickt.

Denn deine Liebe habe ich zum ersten Mal richtig richtig wahrgenommen.

Und das hat mich überwältigt.

Und mein Herz wurde geöffnet.

Um all die Liebe herauszulassen, die ich für dich habe.

Und die ich sogar selbst empfinden kann.

Danke.

Kämpf um die Frau, die du liebst, verdammt nochmal!

10.12.18, 19:42 Uhr

Ich bin in der Natur.

Und plötzlich wird mir bewusst, dass die Natur auf meiner Seite steht.

Ich weiss, dass Geistwesen anwesend sind.

Und dass sie mir WOHLGESONNEN sind.

Dass JETZT die Zeit gekommen ist, sie nicht mehr abzulehnen.

Sondern mich ihnen zu öffnen.

Mich mit ihnen zu verbinden und ihre Energie aufzunehmen.

Es ist sanfte Energie, die ich dann spüre und die in mich hineinfliesst.

Energie, die zu MIR spricht.

Und mich als Wesen sehr berührt.

Die mich ruhig macht.

Gleichzeitig jedoch spüre ich in mir, dass es jetzt verdammt nochmal Zeit ist, zu kämpfen.

Um die Frau, die ich liebe.

Um meine Träume.

Um meine Zukunft, wie ich sie mir vorstelle.

Um meinen Platz in dieser Welt.

Ja, diese Energie ist so stark.

Sie macht mich zum Mann.

Jetzt ist es Zeit zu kämpfen.

Auch gegen Widerstände.

Dann noch mit umso grösserer Entschlossenheit.

Ich bin so stolz auf mich.
Wie ich das 2018 als Hero abschliesse.

11.12.18, 08:42 Uhr

Hallo zusammen

In diesem Blogartikel ziehe ich ein kurzes Fazit über dieses am ablaufende Jahr 2018.

Ich bin grad ein bisschen stolz auf mich. Dieses Jahr ist einiges gegangen. Ich habe mich aus dem Christentum gelöst. Und da hat sich schon einiges getan. Ich muss mehr Verantwortung für mich übernehmen. Überlegen, was ich möchte. Wie ich mich entwickeln möchte und wo ich mich am wohlsten fühle. Dieser Prozess wird sicher im nächsten Jahr weitergehen.

Ich hatte ein gutes Gespräch mit einer Kollegin und ich glaube, die Beziehung zwischen uns ist jetzt wieder viel besser. Und das Gespräch war interessant und spannend.

Ich habe mich geöffnet für viele Dinge. Für weitere spirituelle Formen, für nicht-spirituelle Formen. Z.B. bin ich den Freidenker*innen beigetreten und beachsichtige, da an ein paar Anlässen im nächsten Jahr teilzunehmen. Ich bin offen, mich auszuprobieren in verschiedenster Hinsicht.

Ich habe mich ein bisschen auf die Suche nach dem Mann in mir gemacht. Und gemerkt, dass das eigentlich wichtiger ist als ich bis jetzt gedacht habe. Aber da will ich mich nicht an gängigen Männerbildern orientieren, sondern herausfinden, was das für mich persönlich bedeutet.

Ich denke, ich habe an Selbstbewusstsein gewonnen und bin eher von mir überzeugt. Und habe den Impuls, auch mal für etwas zu kämpfen und mal eine Beziehung zu «wagen». Und auch in dieser Hinsicht habe ich eher mehr Selbstbewusstsein und -überzeugung, denke ich.

Dann werde ich Ende dieses Jahres in eine andere Stadt zügeln. Dafür habe ich recht lange gesucht. Aber jetzt ist es eigentlich ein sehr guter Jahresabschluss und dann kann ich das nächste Jahr in einer neuen Stadt beginnen.

Ich werde im nächsten Jahr vom Tischkalender «Tag für Tag – gemeinsam stark», herausgegeben von Mia, Michaela und Julia, begleitet. Darauf freue ich mich auch schon.

Ich werde dieses Jahr zum ersten Mal nicht Weihnachten mit meiner Familie feiern, worauf ich mich eigentlich freue. Denn ich kann jetzt mal was anderes ausprobieren und schauen, was sonst so läuft.

Euch einen guten vorweihnachtlichen Dezember

thoughts on life

Gestern war ich mitten in einem Sturm. Genau dann hast du mich umarmt. Wer warst/bist du?

26.12.18, 20:13 Uhr

Für Yvonne

Manchmal da sehe ich dich.

Ich schaue hinaus aufs Wasser und du bist da.

Ich habe Angst.
Ich mache mir Sorgen.
Ich bin bedrückt.
Ich glaube mir nicht.
Ich glaube nicht an mich.
Ich glaube nicht an die Liebe.
Noch an eine gute Zukunft.
Noch an Veränderung.
Noch an das Positive.
Oder das, was mein Herz berührt.

Neulich da traf ich dich.

Warum du meinen Namen gewusst hast, ist mir ein Rätsel.

Warum du mich zweimal angesprochen hast, ebenso.

Und was du genau damit beabsichtigt hast, noch ein grösseres Rätsel.

Weil alles so schnell vorbeiging, bin ich wieder zurück in meine Welt.

Ich könnte weinen vor Schmerzen. Vor Lebensschmerzen.

Vor Schmerzen und Verletzungen, die tagtäglich stattfinden.

Nur schon, weil ich in dieser Welt lebe.

Ich könnte mich ins Bett legen und nie, nie mehr aufstehen.

Denn alles was mich erwartet, wenn ich dann doch aufstehe,

sind Sorgen und Angst und Anspannung.

Angst, abgelehnt zu werden.

Angst, blöd dazustehen.

ANGST, NICHT DAZUZUGEHÖREN.

Darum denke ich an dich.

Mein Herz denkt an dich.

Meine Seele hat dich nicht vergessen.

Manchmal streichelt der Wind eben sanft am Gesicht vorbei.

Es ist eine Begegnung, die wieder vorübergeht.

Und die man nicht einfangen oder wiederholen kann.

So ist eben der Wind.

Holdrio, wie schön das Leben ist! Ich weiss schon ganz genau, dass ich diesen Sommer Erdbeeren pflücken gehe!

04.01.19, 19:29 Uhr

Du.

Ich.

Ich möchte.

Ich sage.

Ich spreche.

Ich schaue dich an.

Du schaust weg.

Du atmest.

Du sprichst nicht.

Ich schaue.

In deine Augen.

In dein Gesicht.

Es ist klar, ich möchte mehr.

Doch du nicht.

Du schaust wieder weg.

Schaust mich unbeteiligt an.

Und gehst.

Lässt mich links liegen.

Ich rufe dir hinterher: «Du weisst ja gar nicht, was ich mit *mehr* meine! Wie kannst du das überhaupt wissen?»

Du drehst dich nicht um und zeigst keine Reaktion.
Du läufst einfach weiter.
Weg.
Weg.
Weg.

Ich bleibe zurück.
Jemand kommt und fragt mich etwas.
Lächelnd gebe ich Antwort.
Dann warte ich, bis ich zuhause alleine bin.
Lege das Kissen über den Kopf und heule.

Ich heule und weine und weine und heule und heule und weine. Egal.

Es tut so fest weh.

Weil ich viel mehr für dich empfinde, als du vielleicht denken magst.

Oder verletzt du mich mit Absicht?

Schatz, diese Decke ist ätzend! Wo genau haben wir die ohne Herzchen?

05.01.19, 07:43 Uhr

Ich träume von dir. Du rufst meinen Namen.
Was willst du von mir, frage ich mich.

Am nächsten Tag treffe ich dich.
Wir gehen einen Kaffee zusammen trinken.
Rein geschäftlich.
Natürlich.

Du rufst meinen Namen.
Ich höre.
Du rufst nochmals nach mir.
Ich höre es, bewege mich aber nicht.
Du rufst nochmals. Lauter.

Ich komme.
Ich habe dich vermisst.
Wo warst du?
Ich wollte dich suchen gehen, aber ich hatte keine Kraft dafür.

Ich war dem Leben ausgeliefert.

Hilflos.
Kraftlos.
Ratlos.

Wir trinken den letzten Schluck Kaffee und dann versinken wir ineinander.
Es war so schwer ohne einander.
Jetzt geht die Welt an uns vorüber, ohne uns zu tangieren.
Zumindest für einen kurzen Augenblick.

In der nächsten Nacht träume ich wieder von dir.
Wie wir miteinander Liebe machen.
Wie wir uns finden.
Wie ich mich finde.
Wie du dich auch findest.
Hoffe ich zumindest.
Wie wir die Decke wegschmeissen und uns verletzlich machen.
Weil wir es wollen.
Weil wir diesen Weg eingeschlagen haben.
Weil wir es versuchen wollen.

Ich mache heute mal ein bisschen Striptease vor euch. Wem davor graut, der kann die Show jetzt noch rechtzeitig verlassen.

07.01.19, 19:18 Uhr

Ich bin manchmal gefangen.

In meiner eigenen Welt, in die ich mich selbst eingesperrt habe.

Da rauszukommen, ist gar nicht so einfach.

Mal die Schemen sein zu lassen und andere Sichtweisen in Betracht zu ziehen braucht Kraft und Überwindung.

Denn das Bekannte lädt auch dazu ein, darin zu verweilen und das Unbekannte zu lassen.

Manchmal drehe und drehe ich mich und weiss nicht, wo ich anhalten soll.

Ich wünsche mir, dass du da wärest.

Ich weiss nicht, ob dieser Wunsch nicht eigentlich recht egoistisch ist.

Selbstlos sicher nicht.

Den Anspruch, selbstlos und uneigennützig zu sein, habe ich irgendwie aufgegeben.

Ich bin halt einfach ein Mensch.

Bei Gott kein Gutmensch und ganz bestimmt
nicht der Freund und Helfer.

Ich lebe halt mein eigenes Leben.

Und schaue zu einem grossen Teil auf mich.

Möchte meine Ideen, Pläne und Wünsche
umsetzen.

Und strebe nach meinem Glück.

Ich suche meinen Sinn im Leben und ich möchte
meine «Bestimmung» finden.

Immerhin versuche ich nicht vorzutäuschen,
dass ich alles nur für die anderen mache.

Wer mich danach fragt, dem gebe ich die
ehrliche Antwort.

Und wer in mir etwas sucht, ich weiss nicht, ob
er oder sie es finden wird.

Um zugänglicher zu werden, gäbe es vieles, an
das ich mich halten sollte.

Bei Gott lauten die Rückmeldungen sicher nicht,
dass ich sehr zugänglich bin.

Jedenfalls nicht, wenn es tiefer geht.

Vielleicht suche ich das, was ich selber nicht
geben kann.

Vielleicht suche ich das, was ich selber nicht bin.

Vielleicht sehne ich mich nach dem, was ich
selber nicht stillen kann.

Man könnte vielleicht auch sagen, dass ich
nichts Einfaches gebe und geben kann.

Eher etwas Undurchschaubares, nicht
einordnungsfähiges, teilweise verstörendes,
melancholisches. Vielleicht manchmal auch
etwas Trübes, Undurchsichtiges. Sicher etwas,
das man verdauen muss und es nicht alles aufs
Mal einnehmen sollte.

Nur immer eine kleine Menge davon kosten
sollte.

Ja, so ungefähr bin ich.

Ich habe nicht gesagt, dass ich einfach bin.

Und ich glaube, dass ich es mir selbst auch nicht
einfach mache.

Ich nehme sicher nicht immer den schnellsten,
einfachsten und auf den ersten Blick
logischsten Weg.

Und ja, wer mit mir zusammen sein möchte, der
wählt bestimmt auch nicht den erstbesten Weg.

Ich dachte, die Liebe hat keine Priorität. Du sagst mir jetzt grad was ganz anderes. Wer bist du?

09.01.19, 12:39 Uhr

Ich verstehe nicht viel vom Leben.
Ich verstehe nicht viel von der Liebe.
Ich verstehe nicht sehr viel von dir.
Du musst mir es halt erklären.
Ich kann es nicht lesen, wie eine Information, die da einfach aufgeschrieben wäre.

Ich weiss auch nicht sehr viel von mir.

Ich weiss nur, dass ich auf Liebe warte.
Oder auf DIE Liebe?
Ich habe es aufgegeben, danach zu suchen.
Ich glaube nicht, dass die Bibel recht hat mit der Weisheit, dass wer suche, der finde.
Zumindest nicht immer.

Denn manchmal fällt einem auch einfach etwas zu.
Jedenfalls glaube ich daran.
Oder bilde es mir zumindest ein.

Ich denke an dich.

Wie es sein könnte.

Wie dieser Traum aussehen würde.

Und ich höre dich sagen, Träume sind nicht für diese Welt bestimmt.

Die Liebe schon gar nicht.

Ich muss dir Recht geben.

ABER WARUM KÖNNEN WIR ES DENN NICHT EINFACH ANDERS MACHEN?

Ich schaue jetzt nur aufs blaue Wasser hinaus. Mehr geht grad nicht. Sorry.

11.01.19, 04:09 Uhr

Manchmal da denke ich (oder: da habe ich gedacht), dass ich eigentlich schon ganz gut laufen kann.

Aber dann kommst du, dann kommt ihr, dann kommt die Welt, irgendwer, irgendwas.

Und ich falle doch wieder.

Dann kommt ein Schmerz, der so weh tut.

Der mir sagt, dass diese Person, diese Welt oder wer oder was auch immer, mich nicht liebt.

Mich fallen lässt.

Nicht an mir interessiert ist.

Ich möchte jetzt nur aufs blaue Wasser hinausschauen.

Mich ganz ins Jetzt begeben.

Und wissen, dass es nur meine Wahrnehmung ist.

Nur mein Gefühl.

Nur mein Empfinden.

Ich konzentriere mich auf das Schöne.

Das Gute.

Das Hoffnungsvolle.

Versuche es.

Das kann so schwierig sein.

Betrachte die Natur, die ein so grosses Vorbild ist für mich.

Denn: Sie ist «nur». Sie macht ihr Ding und lebt nur darin.

Ich gehe.

Ich komme.

Ich liebe.

Ich lebe.

Und: Ich möchte bei dir sein.

Einfach der Wind und ich.
Und mal nicht mehr Tag.
04.02.19, 19:57 Uhr

nein, es ist nicht ok. du bist ok und ich denke, was wäre, wenn ich an einem anderen ort wäre. wo es nur die kühle nacht geben würde. keinen morgen zum aufstehen, keine vielen seiten, die mich hin- und herzerren und meine seele in heftiges atmen versetzen, sie zusammenquetschen und sie ausgeheult zurücklassen. gibt es das, dass man das, was man tut, eigentlich nicht tun möchte, ganz und gar nicht, es aber trotzdem beharrlich und mit nachdruck tut? sich gegen das gefühl durchsetzt, dass es nicht das ist, was die eigene seele möchte und braucht und einen mit sich selbst vereinen würde? und man dann wütend wird, weil man wieder ein weiteres mal enttäuscht und betrogen wurde, obwohl man von allem anfang an wusste, dass das verlangen sich als ein fälschliches verlangen herausstellen wird?

irgendwie so.

und ja, eigentlich habe ich genug davon, mich in anderen zu suchen. nur, wie ist der andere weg? und wie funktioniert der?

irgendwie spüre ich, was in mir drin ist. manchmal. denke ich. oder glaube ich. nur heisst es, dies auch umsetzen zu können. oder gehts gar nicht ums umsetzen, sondern nur, um sich leiten zu lassen? vom unscheinbaren. vom sanften wind. von melodien mit geheimnissen zum entdecken und dingen, die wachsen, ohne dass man das sieht?

diese welt braucht einfach mehr geheimnisse und mehr menschen, die sich auf wunderbare art und weise führen lassen.

das denke und glaube ich.

Auf dem Weg zurück kam ich an deinem Haus vorbei. Ich weinte.

26.02.19, 18:25 Uhr

Als du mich berührtest, da flossen die Tränen.

Als du mir zeigtest, dass du wirklich an mir interessiert bist, da spürte ich das Leben.

Als du dann gingst, da verstand ich die Welt nicht mehr.

***

Seither versuche ich, möglichst gut wieder ins Leben zu finden. Aber so leicht geht es nicht. Ich kann nicht einfach so weitermachen, als wäre nichts passiert. Als wärest du einfach so auswechselbar und ich hätte genug Resilienz, wie man so schön sagt.

Ich möchte auch stärker werden. Mehr psychische Widerstandskraft haben. Aber so einfach ist auch das nicht. Das Leben wäre um einiges einfacher, wenn ich mehr davon hätte, denke ich.

Jetzt suche ich irgendwie nach einem Aspekt, zu was meine teilweise mangelnde Fähigkeit, schwierige Lebenssituationen ohne anhaltende Beeinträchtigung zu überstehen, gut ist.

Vielleicht gibts auch keinen.

Wahrscheinlich liegt es auch daran, dass ich nur schlecht Dinge akzeptieren kann, die ich so nicht möchte und anders haben möchte. Darin bin ich wirklich nicht sehr gut.

Vielleicht kann man das ja lernen. Dinge zu akzeptieren, so, wie sie sind. Ein Nein zu akzeptieren. Ein Alleinlassen zu akzeptieren. Ganz? Ein wenig? Ein ganz kleines bisschen?

***

Und ja, vielleicht möchtest du ja auch gar nicht, dass ich noch an dich denke. Denn das kann ja auch quasi ein Eingriff in die Persönlichkeit des anderen sein. Wenn jemand jemanden nicht loslassen will.

Zum Glück stärkt einen das Leben immer wieder. Zumindest ich erlebe das so. Wie schlimm ist es, wenn man die Zuversicht verliert?

Manchmal sehe ich mein Leben voller Hoffnung.

05.03.19, 23:08 **Uhr**

Manchmal gebe ich die Hoffnung auf. Zumindest fast. Dann kommt eine riesige Schuld auf mich. Ich denke, ich schliesse mich selber aus. Der Schmerz ist dann so riesengross, dass ich in den Momenten nur noch starr bin. Erstarrt. Und in diesen Momenten fühle ich mich so einsam. Nicht zugehörig. Und gerade, wenn ich mich erleichtern will, denke ich, dass ich das so gewollt habe.

***

Ich wache auf und eine Stimme spricht zu mir. Sie spricht mit mir über Dunkelheit und über Dinge, die sie mit mir klären müsse. Sie zeigt mir meine tiefen Geheimnisse, die ich verberge und die bösartig und feindselig sind. Die Stimme klingt so, als ob sie Recht hätte. Also ob sie wirklich Recht hätte.

Diese Stimme kommt immer mal wieder in meinem Leben. Und sie verunsichert mich dann immer sehr. Das, was die Gesellschaft bekämpft, das soll gerade ich begünstigen oder begünstigen wollen.

***

Ich gehe hin Richtung See und der Gedanke kommt, mich hier jetzt einfach zu ertränken. Gleichzeitig denke ich, dass ich nicht in diesem Zustand sterben möchte. Zumindest vorher möchte ich diese Sache noch klären. Diese Sache: Die dunkle Stimme, die mir sagt, dass ich keine Wertschätzung für Andere habe, für die Tiere, die Natur und das Leben allgemein. Die Stimme, die mir Zynismus vorwirft. Mir vorwirft, Menschen abzulehnen und vor allem «schwächere» Menschen abzulehnen. Und Andersartige.

Die Stimme ist so unglaublich echt und durchdringt mich so tief, dass ich denke, sie hat Recht. Dann überkommt mich grosse Schwermut und dann denke ich, dass ich das eigentlich alles will. Das ich es sogar begrüsse. Dann kommt noch mehr Schwermut.

Da jeweils wieder rauszukommen ist schwierig. Und häufig geht die Hoffnung fast ganz, weil ich denke und manchmal überzeugt bin, dass ich das will, was diese Stimme mir vorwirft.

Am See angekommen setze ich mich, vergrabe mein Gesicht in meinen Händen und heule. Es ist manchmal echt schwierig, dieser Stimme nicht zu glauben. Und wenn sie doch Recht hat?

Meine Gedanken sind jetzt
weg. Dafür bin ich jetzt
eifersüchtig. Ach, was für
eine Scheisse.

29.03.19, 12:48 Uhr

Alle Gedanken, die ich je hatte, fliegen davon.
Zurück bleibe ich. Und ich weiss jetzt nicht, was
ich mit mir anfangen soll. Das wusste ich
eigentlich noch nie.

Ich fand mich noch nie.

Ich suche bis heute nach mir.

Ich fühle jetzt nicht Leere, aber Eifersucht.

Und die Eifersucht flüstert mir zu, dass sie mich
jetzt ganz ausmachen will.

Ausmachen wird.

Nachdem ja jetzt meine Gedanken weg sind.

Die Eifersucht singt:

«Jetzt bin ich an meinem Ort angekommen. Da,
wo ich hinwollte. Ich greife ihn mir und er
leistet so wenig Widerstand. Also eigentlich
keinen. Haha, weil er glaubt, dass er ein Nichts
ist und nur mit mir was ist. Ich liebe es, ihm
andere Menschen zu zeigen und ihn auf sie
eifersüchtig zu machen. Und ich liebe es, ihm zu
sagen, dass er bei Vergleichen immer
schlechter als die anderen abschneidet. Immer
und für immer. Und dass ich ihn von jetzt an
begleiten werde. Immer und für immer. Und er

mich nie, nie, nie mehr loswird. Hahaha, so soll
es sein».

Jetzt bin ich ohne meine Gedanken, aber dafür
mit der Eifersucht. Auf diese Weise ist es
schwierig, mich selbst zu finden. Denn die
Eifersucht macht dieses Unterfangen nicht
grade leicht.

Aber was glaube ich denn wirklich?

Dass mich die Eifersucht ausmacht?

Dass ich die Eifersucht sogar bin?

Oder dass ich was ganz anderes bin?

Etwas, was es gilt, irgendwie auszugraben,
freizulegen?

Etwas, das so häufig von etwas anderem
überlagert wird.

Etwas, das sich viel zu oft nur im Verborgenen
aufhält.

Aber das eigentlich an Licht kommen müsste,
um sich zu entfalten.

Und ja, vielleicht werden meine Gedanken
eines Tages zurückkommen.

Und die Eifersucht wegtreiben.

Hoffen wir es.

Wenn ich dir sage «ich habe dich gern», dann fühlt sich das wie ein Privileg an, dass ich dir das sagen kann. Und jedes liebe Wort von dir lässt mich ein Stück Sinn mehr sehen.
12.05.19, 19:44 Uhr

Für Amanda

Bin ich traurig?

Möchte ich nicht mehr?

Sehe ich es so verschwommen?

Sehe ich keine Erklärung?

Kommt der Morgen immer und der Tag brennt heiss?

Der Abend lasst lange auf sich warten?

Und die Nacht ist dunkel?

Immerhin.

Ist mir so vieles zu hektisch?

Bräuchte ich Ruhe?

Jedes liebe Wort von dir lässt mich weitermachen.

Versuchen, die Welt immer ein bisschen anders zu sehen. Positiver.

Und mich. Das Drumherum.

Und immer, wenn ich dir sage, "ich habe dich gern", dann denke ich noch ein bisschen mehr an dich.

Ich habe dich gern.

Dafür bin ich hier.

Das ist für dich.

Ich habe dich gern.

Ich habe dich gern.

Ich habe dich gern.

Und: Ich habe dich gern.

Ich schaue aufs Wasser und sehe ALLES. Und alles sieht mich. Ich transzendiere. Ich bin alles und alles ist mich.

13.05.19, 08:22 Uhr

Alles so grosse Fragen.

Alles so gross.

Zu gross?

Alles spiegelt sich.
Alles ringt nach Luft.
Alles versteckt sich vor so viel Angst.

Alles schaut weg und sieht doch alles.
Alles badet in einem riesigen Meer aus Tränen.
Alles geht dann, weil es nichts mehr zu tun gibt.

Alles schläft am Abend, obwohl die Welt doch niemals ruht.
Alles geht langsam, obwohl die Welt doch so rasant geht.
Alles gönnt sich eine Pause, obwohl doch sonst niemand Pause macht.

Alles wird gut.

Alles bleibt schlecht.
Alles geht unter.
Alles bleibt stehen.

Alles möchte irgendwas tun.
Heute.
Morgen.
Morgen nach morgen.
Und an allen anderen Tagen auch.

Alles! Bleibe echt!
Versuche es zumindest.
Denn wir schauen auf dich!
Dir eifern wir doch alle nach!

Schwarz. Und es ist doch Morgen.
13.06.19, 06:57 Uhr

Am Morgen ist immer alles besser. Sagt man.

Ich sehe immer noch all die dunklen Wolken und draussen ist doch alles schwarz.

Ich hänge an einem seidenen Faden und ich weiss nicht, wer diesen Faden in den Händen hat.

Während ich schweben möchte, denke ich an dich.

Und wenn ich all diese Morgenluft einatme, dann möchte ich zu dir fliegen.

Wo bist du?

Hast du das alles überlebt?

Atmest du ruhig?

Nach alledem, was geschah.

Was immer geschieht.

Gehen wir weiter, trotz allem.

Glauben wir, dass es die Hoffnung gibt.

Glauben wir fest an all die neuen Farben.

Schauen wir uns in die Augen und lieben uns.

Und erwecken wir damit einander wieder zum Fühlen.

Hallo, ich bin auf dem Weg zu dir.
So schnell wie es die Zeit zulässt.
Schnell, schnell.

Weitere Bücher

erhältlich unter bod.de/buchshop

thoughts on life, Band 1

ISBN: 978-3-7504-1428-0

268 **Seiten**

23,99 **Euro**

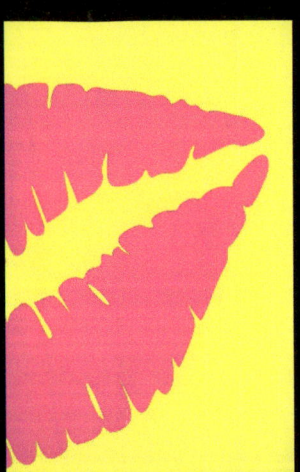

thoughts on life, Band 2

ISBN: 978-3-7519-2097-1

416 **Seiten**

27,99 **Euro**

Wenn Wir Hassen Würden

Gegen das Unausgesprochene. Für das Offensichtliche.

Mit Fotos von Gisela Mai

Dominic Trachsel

Wenn wir hassen

ISBN: 978-3-7494-991

176 **Seiten**

14,99 **Euro**

Oh nei, scheisse, jetz isch mer dr Kaffee usgläärt